心情點播站

綠野平疇的西洪，惹人愛憐，新詩呈現！
小閣樓上的思維，細嚼慢嚥，沉思片片！
寧靜悠閒的環境，涵蘊溫馨，散文篇篇！

寒玉 著

〈代序〉

再唱一曲「西洪之歌」

——試論寒玉的《心情點播站》

陳長慶

《心情點播站》是寒玉小姐的第一本書。

收錄於書中的四篇新詩、十五篇沉思集，以及五十六篇散文，不管它記錄的是周遭的一切，或寫別人、寫自己，都有一個共同點，那便是真摯情感的抒發與延伸。而更令人激賞的是她以清新、平實、富有哲理的筆調，把內心欲表達的意象，透過華麗的文字做最完美的詮釋，讓人讀後有身歷其境與感同身受的怡然快感，它也是這本書最可貴、最值得稱讚的地方。

生長於島外島的寒玉，十二歲就跟隨家人遷徙到大金門，而後落腳在東半島的一個小村落——西洪。爾時的西洪，飛沙走石、一片荒蕪，被喻為是鳥不生蛋的地方。然而，在雙親「佛爭一炷香，人爭一口氣，人窮志不窮，腳步既已跨出，就得立下決心，無論歷經多少困難，都必須全力以赴，只許成功，不許失敗！」的訓勉和教誨下，全家大小同心協力、辛勤耕耘，數年後終於把貧脊的土地化為良田，也同時把寒玉孕育成一個亭亭玉立的美少女。雖然往後因家庭因素不得不輟學協助家人經營雜貨店生意，即使每天忙得團團轉，但並沒有減少她對西洪這片土地的熱愛，以及自己對文學的喜好。然而，這份隱藏在心中的愛戀和興趣，並非只說說或想想而已，而是該用什麼方式來表達，才能把心中那份思慕之情表露出來。於是，她選擇以筆來歌頌、來禮讚西洪的雄偉和秀麗。

我們可以從她的詩作〈西洪之歌〉中，讀到一行行令人心曠神怡的美妙佳句：

草在晨風中飄逸，翠綠如玉
露珠在花瓣跳躍，鮮嫩欲滴
靜聆林中悅耳的鳥語
欣賞枝頭盤飛的神韻
青山靜臥這土地
白雲山頂上漂浮
……
送夕陽、迎晨曦
碉堡、山巔
威武的戰士巍然站立

……

綠野平疇的稻田迎風輕舞

遠山、近野、高樓、矮房

都柔和在一片溫柔的光芒中

在這首僅十餘行的短詩裡，作者把西洪的晨昏美景，詮釋得淋漓盡致，如果與西洪沒有深厚的情感，不瞭解西洪的地理環境，焉能譜出如此優雅、柔情的〈西洪之歌〉。

從〈西洪拾穗〉、〈西洪景緻猶盛宴〉到〈西洪暮景〉，作者紀錄在西洪生活十五年的快樂時光，以及內心誠摯的感受，繼而地再從眾多的文字中，勾勒出雨後的西洪景緻，並以十行四句聯，寫出源自心靈深處流露出來的真情。即使她離開西洪已十餘年，但對西洪的愛和眷念，遠勝於任何一位曾經在西洪村住過的西洪人。倘若沒有深厚的感情存在，當她帶著友人重回故居復又別離時，又如何能寫出：

揮別了西洪，這孕育我成長的地方，曾經於此，縱情於山水，心靈的追求，由文字所散發出來的，是山山水水的愜意時光，每回返此，倍覺舒泰。這兒，芳美的容貌，清新的意象，不時在腦際徘徊！

儘管在這短短的幾十個字裡，作者不能把內心深處真摯的感受，以及西洪怡人的景緻赤裸裸地呈現出來，但我們卻能從其中窺探出她欲表達的意象是什麼。

收錄於書中十五篇隱含著哲理的沉思小語，是作者從生命的領悟到生活的體驗後，對人生價值的另一種詮釋。她告訴讀者們說：「生命靠自己創造，明日的命運乃取決於今日的成果，一個真正積極的人，會從生活體驗中去充實自己，也會用平和、寧靜的心去接納別人。」復又說：「每個人的思想、生活方式均不同，我們無權左右他人，卻也有權不受他人左右。別人的批評，如果是中肯、委婉，且富有建設性的，自然洗耳恭聽、虛心接納；若屬刻薄，且充滿惡意的攻擊，就充耳不聞，以免動搖意志，影響未來前途。」即使這些只是作者個人生活中的體悟，但我們可以看出她對生活中的每一個細節，對人與人之間的冷漠和人性的醜陋面，都是那麼用心地在觀察、在思考、在領悟，而後理出一則則不僅扣人心絃，亦能啟發人性，更能激盪腦力的沉思錄。讀者們看到的，彷彿不只是一般的「生活筆記」或「田莊小語」抑或是「隨感錄」，而是寒玉為讀者們書寫的「勵志文粹」。

〈佇足睹賞花崗岩〉是寒玉以軍眷身分，參加「陸軍第二十四屆文藝金獅獎」榮獲「散文類銅獅獎」的得獎作品。作者雖然以「國軍八二〇醫院」（花崗石醫院）為背景，然整篇作品，卻聞不到一絲藥水味，更沒有為迎合評審而有「反共文學」或「戰鬥文藝」的說教味和煙硝味。作者以平實而華麗的筆調，首先進入讀者眼簾的是與花崗石醫院比鄰的小村落——夏興。

夏興的晨曦朦朦，輕煙飄昇向天空。遠望，海面遼闊無涯，漁帆點點，那無際的海景，有時靜默如鏡，悠閒自在，快樂逍遙；有時怒濤洶湧，翻騰滾滾的巨浪，撞擊岩石，捲起滿天水花……。

眾所皆知，花崗石醫院係建在夏興村後太武山支脈的花崗石山岩內，全憑國軍官兵以無畏無懼的戰鬥精神和堅強的意志力，經過二年的時間，將山崗開鑿成一個大洞，洞中有九條縱橫交錯的通道，分別設置醫療區，行政業務區，官兵生活區……等，為戰地軍民提供完善的醫療服務。當作者迎著朦朦的晨曦，佇立在山岩上遠望陳坑海域，繼而地又巡視了夏興村郊的田園美景時，幾乎把周遭的一景一物、一草一木，以及自己內心的感受，都做了最完美的描述。在整篇作品裡，幾乎以近一半的篇幅，把花崗石醫院的內外景緻，詮釋得暢達詳盡，情態逼真。當她帶領讀者進入到「神奇雄偉，舉世聞名」的花崗岩內時，則展現出一顆悲天憫人之心，無論是對生命的尊重、對病患的關懷、對醫護人員的肯定、對行政人員的辛勞……等，都有不少的著墨。把這座被稱譽為世界首座深藏於花崗石山岩內的醫院，提昇到一個完美無瑕的境界。讓人們親身去體驗它盎然的生氣，感受生命的絢麗，品味它的宏偉與溫馨！因此，我們認為〈佇足睹賞花崗岩〉乙文的得獎，並非僥倖，而是作者文學實力的展現，也是她二十餘年來辛勤筆耕，所獲得的肯定和殊榮。

寒玉心情凝重地說：「學歷一直是她內心的痛，在文憑掛帥的現實生活中，無法與人平起平坐，糾結的痛楚，惟有天知曉！」雖然，我們不能否定學歷在社會上的功用和它的光環，高學歷更是人人夢寐以求的，但每個人的家境、際遇和命運卻不一樣。在爾時那個兵荒馬亂又貧窮的年代，以及受到兩岸軍事對峙而引發的「九三」、「八二三」、「六一七」等多次砲戰的影響，並非人人有書讀、個個有書唸，沒有失過學的人，也永遠不知道失學者內心的苦痛。然而，擁有高學歷的人，卻也不一定有高人一等的品德和文學素養。一個沒有學歷的家庭主婦，在繁瑣的家務之餘，還能秉持著熱愛文學的初衷，持續不斷地創作，甚至結集出書，的確倍感可貴。相信讀者們給予她的，絕對是肯定和鼓勵的掌聲！

去歲小暑，美國哈佛大學「東亞語言與文明系」副教授宋怡明博士來訪，在座的尚有金門日報總編輯林怡種先生，得知我倆都沒有耀眼的學歷與顯赫的家世時，竟脫口說：「沒學歷，有學問」這番話對林老總來說絕非言過其實。雖然他只高中畢業，但學識淵博、閱歷無數，又通過國家薦任官考試及格，寫過數百篇「社論」和近千篇「浯江夜話」，二十餘年前亦曾出版過《拾血蚶的少年》乙書，他才是名符其實的「沒學歷，有學問」。而我這個不學無術的老年人，又有什麼學問可言，或許是宋博士在譏諷我吧！當時確實讓我感到十分的尷尬和汗顏。過後聆聽他誠懇的解釋，以及對我的作品所做的分析，始讓我慢慢地釋懷。但「有學問」這三個字，則教我難以承受、愧不敢當，更不會因宋博士的溢美，而洋洋得意、自我陶醉。然而，卻也因此而讓我有所領悟：生長在這個現實的社會，與其仰賴別人，不如靠自己；只要自己有信心、肯努力，必有收穫，沒有學歷又何妨！文學作品所散發出來的光芒，照樣可以照亮大地每一個黑暗的角落。甚至，可以讓沉淪的社會向上提昇，讓險惡的人心得到淨化，讓墮落的品格獲得啟發。而部分擁有高學歷，腦袋空空、成天沉迷於酒色財氣的社會人士，又能以什麼來奉獻給這片曾經被砲火蹂躪過的土地？又能以什麼來報答這個孕育他成長的島嶼？因而，我始終認為：一個善盡本分而沒有學歷的人，應當受到尊重和鼓勵；一條不務正業的社會寄生蟲，不僅可惡也可恥，必須受到譴責！

寒玉因膽結石而接受腹腔鏡膽囊切除術，自己戲謔是「無膽的女人」，然而，膽囊只不過是人體器官中的一小部分，「無膽」照樣能活，只要活著就有希望，其他的似乎不必太在意。在祝福她新書出版的同時，也冀望她多保重，有了健康的體魄，何須「向天借膽」，因為她早已儲存足夠的「膽量」，要不，怎能立足在這個既現實又勢利的社會？別忘了文學是她此生的最愛，在「相夫教子」之餘，要充分地發揮所長，為浯鄉這塊寶貴的文學園地而寫！為我們的子子孫孫而寫！為這個民風淳樸、景緻怡人的島嶼，再唱一曲悅耳動人的——西洪之歌！

二〇〇七年春於金門新市里

前言

終於出書了！

這本書的催生，感謝島上的大作家——陳長慶先生，因為他的鼓勵，讓我這沒學歷的鄉下女人，有著向前衝的勇氣！

寫作，是我的唯一興趣，早在二十年前，就迷上它，每回「正氣副刊」有拙作出現時，那印成鉛字的喜悅，總會高興老半天！但結婚以後，為了延續香火的任務，努力增產，孩子接連的出世，那四個寶貝，成了我甜蜜的負擔，漸漸的，離文壇越來越遠！

孩子一個個大了，走入校園，學習另一個成長，當我重拾禿筆時，發現已荒廢數年，而「浯江副刊」，再次給了遨遊的天地，不因我多年的背棄，而將我鄙棄於門外！

金豬年的到來，當撕開日曆的那一霎那，我已四十二歲了！也在此時，發現身體亮起了紅燈，難逃血光之災！為了點滴記載，術後不休養，忍著傷口的疼痛，敲打著鍵盤，記錄著術前的掙扎與矛盾，與術後拖著疲憊的身影逛醫院，一科看過一科的無奈，大包小包的藥物，如逛菜市場！

一圓出書夢，不會電腦的我，數月前，勤學電腦，會打字了，欣喜若狂，原來，電腦這麼好用！猶記以往，手寫稿時代，要求完美的我，六百字的稿紙，寫錯一字，必撕破重來，一篇作品，要花費許多時間。

「心情點播站」，就是用電腦打字完成，十萬個字，打了好久好久，剪貼簿裡，印成鉛字的作品，一一整理，終於印製成冊，夢想實現了！

本書共有四篇新詩、十五篇沉思集、五十六篇散文，每篇都是我的最愛，但要特別強調的是，散文集裡的——佇足睹賞花崗岩，這篇作品，榮獲陸軍文藝金獅獎的散文類銅獅獎，頒獎時刻，因先父的辭世，我未赴台，承辦人為了親自交到我的手上，很辛苦的幫我保管獎金與獎座，他說，壓力好大，怕一不留神，有個閃失！花崗石醫院已走入歷史，很幸運的，在這之前，裡裡外外走一遭！

另一篇——無膽的女人，敘述第一次上手術台，術前的恐懼與術後的陰影，愛美的女人，無法忍受腹部的坑坑洞洞與身上少了一樣東西，因親情的滋潤、友情的關懷，慢慢走出陰霾！

擁抱書海，心曠神怡！那「心情點播站」裡，記錄了周遭種種，寫別人，亦寫自己，所有的喜怒哀樂，由淺而深、由深而淺，藏身其中！

第一本書的問世，期望能獲得讀者的青睞，也希望第二本、第三本……源源不斷的創作力，永遠萌芽！

一路走來，要感謝的人太多，因為有你們的扶持，才有今日的我！

二〇〇七年二月於金門

目錄 Contents

散文

part one

新詩

山居歌

之一

依稀是蟬鳴盈耳的山林
多情的微風絮絮地俯語
遠方飄進的輕煙
紛紛飄墜的細雨
思維在無限遠的空間奔馳

之二

翻動記憶美好的扉頁
眼睛漾著柔和的光
你如雨露沁溢著我的境域

令人難以釋懷的愉悅
不笑的時候，帶點孤傲落寞的憂鬱
笑的時候，又如稚子般純真的神情
矯健靈活的身影
雄姿英發的氣概
赤子之心滿懷正氣胸襟

之三

默默收拾滿懷深情，遠離了視線
含情淚眼
數過多少璀麗的黃昏
熬過多少岑寂的黑夜
泫然的眼眸
如一場無可避免的滂沱雨勢
我不能適應沒有你的日子
你是否習慣沒有我的生活？

西洪之歌

妳的芳名是西洪
草在晨風中飄逸，翠綠如玉
露珠在花瓣跳躍，鮮嫩欲滴
靜聆林中悅耳的鳥語
欣賞枝頭盤飛的神韻
青山靜臥這土地
白雲山頂上漂浮
山格外的青
樹格外的綠
送夕陽、迎晨曦
碉堡、山巔

威武的戰士巍然站立
彩雲輕移
晚風伴暮色
綠野平疇的稻田迎風輕舞
遠山、近野、高樓、矮房
都柔和在一片溫柔的光芒中

生命之旅

遠處望去
挺拔的樹枝
蒼鬱深邈
不因歲月的侵襲而腐蝕
它
永遠矗立在藍天與白雲間
久歷風霜
飽嚐世故
不寂寞
不孤單
縱然

受盡千萬次落葉
依然
堅忍不拔
無論
世事詭譎多變
它永遠
堅守崗位
屹立不搖
堅毅而沉靜

悼外婆

年前，
外婆走了！
親戚朋友紛弔唁，
悼念外婆心哀痛！
我敬愛的外婆，
未能素衣縞服水床前，
目視最後一面感遺憾！
您佝僂的身影，
慈祥的臉龐，
夜夜入夢中！
心繫外婆，

潸潸熱淚濕衣裳。
縱有千般無奈，
亦有萬般不捨，
哽咽的喉嚨，
亦要吶喊，
外婆，
您好走！

part two

沉思集

生命的沉思

人生有金輝般的燦爛，也有晦暗似的沉寂，在人生的路途上，不免崎嶇坎坷，而這些曲折均是用以堅忍人的性情，激勵人的心志。

體會生命的真實，無形中，生活得更堅強、更有意義。能把每天都看得很重要，而且又能堅持自己的信心，向自己的目標前進，不在人生大道上稍作任情的放蕩與浪費，為了創造更輝煌、更亮麗的明天，必須朝向前程努力，因一個人倘若沒有希望，生活無意義，生命必空虛。

也許過去，我們曾淹沒在一片時光的浪潮裡，也許感到頹喪，認為毫無希望，為失敗而焦急，這乃人之常情，但歲月本無情，人生原有意，逝去的不能挽回，將來臨的，更無法阻止它，所以，跌倒與失敗，不必自暴自棄，不被失望、痛苦所擊敗，走過的歲月，是歡心的慰藉，或是痛苦的堅持，不再回顧，亦不再眷戀，紓解了無限的阻礙，只有把握今天，自制奮發，積極樂觀，才有美好的明天。

生命靠自己創造，明日的命運乃取決於今日的成果。

一個真正積極的人，會從生活體驗中去充實自己，也會用平和、寧靜的心去接納別人。

樹立正確的人生觀，不斷尋求努力的方向，畫出自己最完美的風貌，以求兌現！那麼，一片柳暗花明的天地亦在眼前。

生活筆記

△生命裡少不掉友情之光的照耀，更少不掉友情之泉的浸潤，朋友之間的相處，以坦誠為貴，所謂的坦誠，即是不虛偽、不矯揉、不造作，以一顆最誠摯的心，兩相交往，否則，定然無法維持恆久。

△人的心靈在舊的消逝與新的歡悅中，交織著悲與喜，而生活中往往有許多無奈，一次的挫折，曾否令你絕望？或者一次的成功，又曾否令你趾高氣揚？失敗了可以重新挺立，而一次僥倖成功，也不值得興奮半天，因生命歷程，忽起忽落，亂無常的波濤，我們要努力學習的是：「為人最好保持適當態度」。

△常言：「君子坦蕩蕩，小人長戚戚」，何必猜疑而庸人自擾？人與人相處，難免會發生一些誤會和不愉快的事，當你誤解別人時，能否靜下心來，想想自己在做事和待人方面的缺失，如此，自然就會減少對別人的抱怨；而凡事別太早下斷語，仔細地觀察，事實並非如你想像，那麼，情況會大為改觀。

△我們任何人要堅守原則、信念和理想，不是易事，但是，如果不能把穩自己的舵，並且堅持自己的航向，在茫茫人海中，必然會迷失自己；每個人的思想、生活方式均不同，我們無權左右他人，卻有權不受他人左右，別人的批評，如果是中肯、委婉且富有建設性的，自然洗耳恭聽，虛心接納，若屬刻薄，且充滿惡意的攻擊，就充耳不聞，以免動搖意志，影響未來前途。

△人生只匆匆數十載的光景，經驗中，這歷程彷彿悲多於喜和苦多於樂，因此，一生中，遇到不如意的事，似乎比較多一點，譬如：學業、愛情、事業……等，雖然當中也有快樂的追憶，但也有生活的咀嚼和痛苦的煎熬或刻骨銘心的往事，歷經這些，必須堅強地、不屈不撓地勇往直前，向著目標繼續邁進；人生雖短雖苦，但每一樁不幸，只要能繼續面對，再艱難的問題，也能迎刃而解。

△在成長的過程中，由於受到環境大染缸的影響，剎那間，有的成為好人，有的成為壞人，則是不爭的事實，人之為善為惡，往往只在一念之間，尤其工商社會，功利主義抬頭，物慾橫流，有些人為逞一時之快，或貪一時之樂，在不知不覺中，犯下大錯，猶不自知，事實上，時刻惕勵自己，常利用適量時間，沉思、省悟，知道什麼應該爭取？什麼應該捨棄？即能令一生充滿光明。

△在任何時候，任何處境，將思緒自然地表達出來，並寫下思考的記錄，心情頓覺無比舒暢。

田莊小語

△不要一味嚮往高遠，藐視卑下，凡事應從最基層做起。

△登峰造極，享有曠遠，絕非偶然，那是血汗與智慧所換來的成果。

△在生活中，我們常會感到厭倦，或許是我們沒有抓住生活情趣，若能適度安排，或許不會有太多的煩惱。

△儘可能的除惡近善。使身心均衡，活得更美好！

△戀曲需要考驗，火辣辣、熾熱熱的戀情亦需一段適度的距離。

△想終身獨自生活的人，必須學習不依賴他人及忍受每時每刻的孤獨。

△喜歡獨斷獨行，自我陶醉者，往往驕狂所致，容易失去「理」性。

△處處為自己打算的人，眼裡只有自己，而沒有別人的存在。

△天地間，無論你是多麼渺小，只要肯努力，總有你容身之處。

△能獲得人群的接納，才是價值的肯定。

△擁有高才能，同時亦該擁有親和的性情，勿孤傲自立。

△人，不能灑脫得不去理會周遭的事物。

△勇於接受磨練，必會有所斬獲。

△自省今日的作為，釐定明日的計畫，方能提昇生活的境界。

夜的思緒

夜，深冷，充滿神祕的靜謐，手持你的相片，彷彿昨日的往事都浮於眼前，永不磨滅的回憶與你共享，一次又一次，一回又一回，揮不去心坎裡的影子，當淚眼模糊時，傷心人傷心事，滿腹心事向誰訴？思索再思索，將載滿我的思念，遙寄在水一方的你！

❖ ❖ ❖

對於過往的某些事物，難免存在著一份眷戀與緬懷，今夜，玻璃窗外的月色多麼惹人愛憐，自古至今，唯有她最易惹人夢想、遐思，勾起了我在孤獨無依時，思念著他，憶著那段晶瑩的日子，千萬種思緒飛舞盤旋迴繞，栩栩如生地在眼前閃映，揮不去滿心的傷悲，理不斷滿懷的眷戀；孤坐，回憶往事已成空，然而，我卻癡得心甘情願地沉醉在無法如願的夢靨之中，多憨傻！

❖ ❖ ❖

回憶，總含藏著數不清的創痕；而愁懷，總繫在別離後的心中，往事的掠影，一幕幕浮現，那曾經築起又蘊含著甜蜜滋味，散發著滴滴香醇，我早已不想再掉眼淚，卻又按耐不住的淚濕滿襟，陣陣思潮激起重重感傷，以往如雲、似煙，剪不斷，理還亂！

❖ ❖ ❖

歲月無聲無息地流逝，人兒間也拉了一段遙遠的距離，整袋綺麗的夢，換得不禁的黯然神傷，這段時光，內心感慨萬千，從不知思念竟是這般痛楚，失戀、思念，苦味難嘗！

❖ ❖ ❖

人總是有希望的，失意、頹喪時，藉著希望而稍一懷抱信心；靜想，百感交集，雖懂人們在追尋某種目標時，少有人能絕對的一帆風順，明知如此，不順遂時，心頭依然無法釋懷！

❖ ❖ ❖

別後，思念俱增，沈浸在過去的幻影裡，如詩如畫，當思緒拉回現實，失落感湧至！

❖ ❖ ❖

咀嚼這許久以來的感觸，思愁如織，逝去的再也不能挽回，這一切，來亦匆匆，去亦匆匆，猶如一夢中！

❖ ❖ ❖

歲月，似潺潺的淚水，不容太多的回顧與太多的駐留，它帶走了年華的純真，也帶走了往日的歡笑，它的凋逝，彷彿意味著，昨日的美景已成過去！

❖ ❖ ❖

人生旅途，多的是掙扎和矛盾，踏著沈重的腳步，收拾起一顆失落的心，不再怨尤命運的乖違，畢竟，生命裡有許多偶然，不是嗎？

花崗岩外的沉思

之一

室內黯淡時，必知室外下著絲絲雨，只要天上的「神水」下降，我們的電話線路勢必中斷，每回協助住院登記時，只得望電話興嘆！

之二

肌膚黝黑，一如健康膚色的某位長官，我在私底下，為他取了個外號叫「包青天」，他的深思熟慮，穩練踏實，有目共睹，不畏強權的作風，令人佩服，平日奉公守法，是一難得之良才。

之三

細數周遭，有人深藏不露，有人囂張跋扈，就曾親睹，某人以高學歷自居，自喻才高八斗、滿腹經綸，仔細聽來，言中無物，均是黃色謬論，可笑的是，此等人渣，竟能長期活躍！

之四

某位上司撥電話找他的部屬前來，下屬避而不見，上司苦等不著，皺著眉頭，垂下了無力的肩膀，親自前往，並輕聲細語與之交談，而部屬平日視無政府狀態，為所欲為，眼中無王法，竟能穩如泰山，莫非世界變了？對社會而言，幸？抑不幸？

之五

某天在門診二樓，上了階梯，映入眼簾的是，一位男子，橫臥地上，口水滴淌，衣衫邋遢，嘴中喃喃自語，呻吟不止，眾人觀之，竟無人理睬！

立即加快腳步，將手中事務處畢，而找來數位弟兄，欲將他扶起至候診椅，他目光呆窘，一番掙扎，手足更是發抖！

不久後，一男士告知，他乃精神病患，叫弟兄們別動他，就任憑他去吧！

思想下，精神病患亦是人，不聞不睬，他的處境，何其可憐！

之六

某個深夜，嗚笛聲響，劃破天際，小金門的一位產婦，腹痛如絞，即將臨盆，本院的醫護人員，挽袖相救，雖無產房的設施，在十萬火急的情形之下，仍為她接生，產婦喜獲麟兒，母子均安，家屬喜上眉梢，院方亦歡聲雷動，一時間，佳評如潮！

醫院有婦產科，在某些因素下，無產房設備，確是美中不足之處，亦造成了諸多產檢婦女，十月懷胎後，欲在醫院生產的不便，若能妥善規劃，大夫、助產士、產房、育嬰室的設立，及維持良久性，如此，必能嘉惠地區婦女。

之七

眼科大夫來院後，不少患有眼疾之人士，紛紛求診，現代人，有病看醫生之觀念，已根深蒂固，醫院上下，雖然累了點，愛心的驅使下，卻是甘之如飴，只要人人健康，靈魂之窗舒坦，看見各個無病一身輕，我們比誰都高興。

之八

急診室那頭，常見鮮血淋漓，此等畫面，心情久久無法平復！

每回醫護人員，在緊急施救後，病人已脫離險境，推床欲入病房，由眼前走過時，此情此景，觀其難過模樣，同情心油然而生！

身體髮膚，受之父母，不敢毀傷，孝之始也，多愛惜自己，珍惜生命！

之九

經過加護病房，總見許多病患家屬低首飲泣，亦有爭論不休者，心理感受到那股氣氛之冷暖，平日的共聚時間，熱絡情感本應當，今日未知家隔或團圓，採取行動，關懷些許，非徒生抱怨！

之十

有些人受了委屈，不平時，總會叫自己忍耐，勉自己甭傷懷！

但人的忍耐，總有個限度，多少的不平之鳴，他無法徹底的忘懷，為社會的百態、人情的冷暖，心頭不寒而慄！

他多次的陳述、溝通，他人充耳不聞，醞釀心頭已久，他好難過，為之消瘦，終於控制不住，將積壓已久的迸出！

他說：「已感到心力交瘁，心灰意冷！」

思維

一、

風惻惻輕寒，醉於思維的那一份力量，早已忘卻風之冷冽，心頭依然暖暖地！

二、

夜幕染遍大地，染著身軀，為之打顫，悄然入屋，了無睡意，愈是接近月夜，寒意愈深愈濃，思及濃郁的情誼，嘴角泛起一絲笑意！

三、

闔上雙眼，靜靜地尋找，啊！繽紛的色彩引人遐思，欣躍如斯若似幻，瞬間，神速般地不見啦！

四、

掠影浮現，心神震盪，陣陣思潮激起了重重感傷，按捺不住的淚濕滿襟，心頭悵然！

五、

思愁如織思滿懷，午夜夢迴，翻來覆去無能闔眼，咀嚼，深深眷戀。撫面頰，紅熱，而聲音，彷彿又縈繞我耳！

六、

戀人一切，如痴如醉，宛若仙境，而輕風細雨，易勾起人的相思憶，點點與行行，傾訴不完！

七、

往往為理智或原則的枷鎖，使得某些事物稍縱即失，待回頭，卻已失望而返，失落感蜂湧，煩惱與痛楚不時繚繞。

八、

親柔的笑靨，純潔無邪，舒開懷，不虛偽，初嘗心陶醉，真心誠意，不是著迷。心湖起了漣漪，情如詩篇，美如畫！

九、

朦朧的月，黯淡的光，相依偎，盡在不言中。影像，甜蜜如斯，眼光，難以忘懷，娓娓細訴衷曲，撫慰心靈孤寂，沈醉，幸福盡在不言中！

十、

慕意，相珍惜，忘卻憂愁，心相繫，相互勉勵，萬千蜜意緩緩流露！

看與想

△如果你想擁有一片燦爛的晴空，絕不能遲疑、怠惰；一個虎頭蛇尾的人難有展露頭角的機會。

△擅於偽裝、仿冒的人，如果你不細察，頗不容易發現他的企圖。

△多讀書可以多體驗，由體驗中學習，學習如何做「人」如何「處世」？但是書唸得少，並不代表觀念差，只要為人堂堂正正，有良好的觀念，良好的態度與新的生活，適應新時代，對事求精實，與他做意見溝通，何難之有？

△喜歡挑撥離間、製造流言，唯恐天下不亂者，只是自貶人格罷了！

△批評別人得謹慎，不可一味暴顯別人的缺失，攻訐別人的隱私，或者雞蛋裡面挑骨頭，別人稍有過錯，就永遠不能忘懷，自己糗事一籮筐，卻自圓其說，輕易地原諒自己。

△活在世上，沒有骨氣、沒有人格，等於白活！

△有的人自以為滿腹經綸，專以批評他人長短為樂事，真正有涵養、有學識、有風度的人，不會在此下功夫。

△想一想：我現在是誰？我現在做什麼？比去想我以前和以後是什麼？要來得實際些。

△看了很多同行相嫉妒的例子，事實上，生財之道，各憑本事；相互襲擊，冤冤相報何時了？

△人與人之間，距離再遙遠，亦該彼此尊重；如果你僅看到別人的缺點，無法發現別人的優點，那麼，你將是明眼的瞎子，也是剛愎自用、夜郎自大。

△「創作」要有風格，而非抄襲，更不能為了受人注目而亂扯一通。

△有的人不斷強調為人要有修養，講話要有涵養，說得頭頭是道，滿像一回事，自己卻總愛加一句：「他×的」，這樣的強調，似乎虛偽過度！

△小人為達目的不擇手段，一旦僥倖得志，則趾高氣揚，唯我獨尊，別人稍有超越，則起嫉妒的心理，試想：在競爭下，與其嫉妒心的作祟，不如虛心檢討自己，並迎頭趕上！

△人之所以異於禽獸，在其有「理性」與「道德」，一個有知識而無道德心的人，容易被人摒棄，因為他缺德事做多了，自然一發不可收拾，怎不引以為憂；反之，一位道德健全，才識不高者，卻能瞭解生活的真諦，發揮生命的價值，並充實內在，追求完美，再慢慢地吸收新知，以應時代需求，邁入人生應走的康莊大道！

偶拾

△多搭橋、少築牆，乃為人處世的不二法門。

△即使身在愁雲慘霧的黯淡日子，仍要振作，存著反敗為勝的精神，以粉碎令人消極的力量。

△知人知面不知心，人的外貌明知而內心難懂，因此，知人當在其心理上求得更深一層的認識。

△為刻板的生活添加跳躍的音符，不妨找一本你喜歡的書，從其中找出一些片段或章節，用心地念，那會是一種享受；或者找一些正當娛樂，生活的情趣自會逐漸增加。

△不要強迫別人接受你的觀念、習慣、興趣，或者生活方式，這未免不盡情理，試想：如果別人也以同樣手法強迫你，感受如何？

△褒揚自己，挑剔他人，最易引人反感！

△我們所期盼的是未來，而不是過去！

△生活充實，生命閃爍光輝，比成長追逐在酒色財氣之中要來得有價值、有意義！

△可終身行善，不可一日行惡。

△我們無法要求環境順適我們，但是，我們要設法使自己適應環境。

△有謙卑之心，能伸張正義者，絕非軟弱，而是真正的強著。

△挺起胸膛，積極做人，以有生之年，充分的做有意義的事。

偶拾錄

△在市場購白米蔬菜水果，須認識它們不是長在市區，進一步的了解，它們是「生長」在鄉下，它們被埋在土裡，靠著陽光、雨露和農友的細心耕耘，才有的收穫，當我們張嘴品嚐其味，細嚼慢嚥時，要體會盤中飧的粒粒辛苦。

△生活中，經常保持輕鬆愉快的心情，並冷靜地觀察，細心地追求，逐漸培養觀察力，你將領略到這宇宙的奧妙。

△人，遇到一些意想不到的變化或刺激時，往往容易產生無數的傷感或迷惘，心思徬徨與無奈，苦楚和顫慄，這些蝕心的痛苦一旦無法擺脫，日子即是難捱的；人生本來就有苦有樂，樂觀與悲觀全在一念之差，全看我們以何種態度去面對它。

△人偶爾之間，倒是需要人家的鼓舞和激勵，尤以親人的呵護，師長的愛心與教誨及朋友的真誠以待，都讓人覺得自己是幸福中人；園地裡，享受到滋潤和撫慰，快樂歡笑數不盡。

△角落裡，那些衣衫襤褸的人，他（她）們的內心深處隱藏著無數的辛酸，每一樁的不幸，都亟待社會各階層人士的援手，願大家幫助這群陌生人，善待他們，使社會綴滿著洋溢歡樂。

△每天，吃力地拿著沉重的垃圾步行至百公尺之外的垃圾坑，讓這些「廢物」有著棲身之所，但無意間卻發現百公尺之內的空曠地，被不知名人士隨意傾倒垃圾，久而久之，築了一座不大不小的「垃圾山」，這清新的綠野，被蒙上了一層污影，夏日炎炎，蚊蠅滿天飛，來往路客無不掩鼻，指責亂擲垃圾者缺乏公德心，為了環境衛生，不傷及鄉情風貌，不妨凝觀瞻，願人人自律，環境的維護由本身做起。

△情緒陰霾時，看看書、散散步，想像自己很快活的樣子，不要鑽牛角尖似地，讓意志更消沉。

△無論做任何事情，總有開始與結束，於起步時，因經驗不足，遇事的艱難或著不知所措在所難免，然只要站穩腳步，慢慢地，一層層地學，自然有學會的時候。

△每個人有每個人的「型」，不要刻意的模仿別人，記住，你不是別人，你就是你！

△做一個問心無愧、表裏如一的人，則心靈舒暢，快樂又自在。

△我們看不到時光在消逝，當有一天，發覺皺紋漸深、鬢髮漸白，才猛然覺醒卻為時已晚，因此勿浪擲歲月。

△確定目標，就得不斷地邁進，如此才能發現生活的樂趣，中途停頓，只會予人索然無味之感！

△任何人都可能遇到挫折和創傷，然在挫折中培養奮鬥不懈的勇氣；當挫折和創傷離我們遠去，以後的日子又是充滿鼓舞和熱情的。

△愛心是天地間真正而永恆的美，因為心中有愛，不僅溫暖了自己，同時也溫馨了別人。

閣樓小語——一

△人生相聚是一連串「緣」字的結合，由陌生而成為知己，就該抱著一份珍惜的態度，慎重的珍愛每一次人生事物的邂逅聚首。

△生的歷程，難免有著挫折拂逆，然只要生活有目標，有內容，整個生命必然顯得充實而快樂。

△愛！是真誠而不是虛假，它！佔據了宇宙之間的空隙，驅散了人間的孤寂，我們懷著一顆愛人、愛社會的心，讓那些有所需要的人，在愛的光輝下，獲得生存的勇氣。

△每一個人，都希望自己有著超人的成就與美好的前途，但超人的成就與美好的前途，不是憑空而來的，這必須一步一步地踏實行走。

△勤於工作，良田定然不荒蕪，而懶惰者，只是在浪擲歲月。

△今天的我們，不需要再徘徊於昨天，但把握今天，必須不期待明天，因為明天，你一樣會期待另一個明天，如此，永遠也無法達到「今日事，今日畢」的效果。

△勤勞者，則萬事皆易；怠惰者，則萬事皆難，所以，勤能補拙。

△持續著奮鬥的毅力，向上的心，如此，才能創造更充實的人生。

閣樓小語—二

小閣樓，激起了我無限靈感！

△人，唯有不斷的充實自己，健全人格，進而提昇人生的境界，生命才有實質的價值與意義。

△靜思，發覺人須在寂寞中，方能真正領悟到朋友一份關懷的可貴；而知己難求，永不渝的友情及莫逆之交，著實不易，真正的友誼如啜飲甜美的甘露。

△當厚厚的日曆頁頁撕去，於浪擲絢麗日子後，不禁感歎，然檢討過去，策勵將來，在不斷努力耕耘下，踏踏實實地，即能有所新嶄獲。

△旅途漫漫，在冗長的日子中，未必註定一路崎嶇坎坷，亦沒有絕對的一帆風順，為失敗而焦急乃無濟於事，只要盡心竭力，失敗並不可恥。

△以恕己之心恕人，以責人之心責己，與人相處不可氣勢澎湃，設身處地為他人著想，且勿道人之短，說己之長，如此成為懂事理的人並不難。

△任誰也無法預知未來是康莊大道，或著羊腸小徑，但是，面對現實，樂觀進取，比每天坐著不動要好得多。

△綜觀今日社會，有人為了金錢、財勢，不惜虛擲精力，運用手段，結果目的無法達成，反而作繭自縛，甚者，性命難保，須知，君子愛財，取之有道，該你得，逃不掉，不該你得，強求亦無用。有生命，才有財富，好好地珍惜生命吧！

△兩性由相遇、相知、相惜而結合，於生活上，互相勉勵規勸，而非為己身之利而結合。

△瓜有藤、樹有根，「根」是萬事萬物的本源，沒有了根，就好似水中的浮萍，隨波逐流，不知將往何所？所以，我們不能數典忘祖，得飲水思源。

△他人的缺點，或許我們有；他人的優點，或許我們沒有，因此，他人的行為舉止似一面明鏡，清清楚楚地告訴我們，何事該為？何事不該為？

隨感錄

△欠缺禮貌的人永遠被人討厭；謙恭有禮者則處處受歡迎。

△成長中的苦澀是必經過程，不需要以淚珠點綴，如果不能避免，不如培植微笑的臉龐，以微笑面對。

△忍受痛苦，面對考驗，不因外界的譏諷或批評而被其左右，仍應照著信念做去。

△凡是曾經犯過錯誤或做過牢，如今能棄邪歸正者，他們是幫助那些正陷於迷途者回首的最佳人選，社會、人群應以寬恕之心容納他們的再生。

△如果你不打算自殺，便要常常找事做；如果你有了經濟基礎，便要回饋給這個社會。

△在有限的生命裡，追求真善美的人生乃人類的本性，但要視自己的能力，凡事勿操之過急。

△靜靜地聽人說話，是吸收學問知識最廉價又最便捷的方法；不斷的深入理解，才能不斷進步。

△不良的環境撞擊人的一切，使之無發揮力量。

△命運能捉弄人，卻不能阻撓具有堅強意志的人，只要勇於追求，勇於付出，勇者是見不到失敗的，因他們能在暴風雨中前進。

△三日不讀書，便覺面目可憎，可悲的是自己無法察覺，它清晰地將所行所為映現在廣大的群眾面前。

△社會是個大染缸，稍一不慎即容易受外界的誘惑，使你走錯路，誤入歧途；如果心智圓熟，意志堅毅而剛韌，那麼，永遠是個有用之人！

△有的人為了錢財，不惜泯滅良知，甘心委屈自己做他人的奴隸，出賣了天生賦予的自尊，卑劣的作為令人感嘆！

△作者應以自己的興趣為依歸，以自己的人格為準則，不能為了迎合讀者或牟利益而寫作。

△看學歷的高低不能斷定一個人的人品；看處世態度則能瞭解一個人的修養程度。

△人，不是一生下來就什麼都懂，沒有學習就沒有經驗，沒有付出就沒有獲取。

△愛在心中生根、滋長，讓友情世界憑添更多圓融之美。

△月有陰晴圓缺，太陽在下雨的日子也會失去光彩，不要為命運的曲折而悲傷。

△能滿足，安於現狀的人是最幸福的，他（她）覺得宇宙寬廣，不知足者，則認為宇宙狹隘。

△每個人都有其生存的價值，即使不喜歡某些人，亦該適度的尊重，一味地排斥，只會造成反效果。

△大欺小，強欺弱，不是為「人」應有的行為。

△隨意罵人與不分青紅皂白地毆人，都是愚者的表現。

△貪圖享受，好逸惡勞的人，絕對不會成功；肯幹、苦幹、實幹者，終能達到理想的目標。

△正確的婚姻不是買賣，買賣的婚姻不會幸福！

△誠信待人，正是我們做人處世的基本道理。

靜夜—沉思錄

△你想要得到別人的愛，先要自愛；你若要得到別人的尊重，先要懂得尊重別人。

△快樂的泉源不是在大把大把的鈔票，它藏在一顆淡泊明志、知足常樂的心中。

△榮華富貴未必是綺麗的人生，寧靜與平凡有時也是珍貴的。

△趁著年輕多多衝刺，以紮下穩健的基礎。

△困境的生活不是恥辱，有些不能預知的阻遏，只要你昂首挺胸的繼續努力，一片柳暗花明的天地就在眼前。

△堅強的活著，堅守原則，不隨波逐流，活得有意義，實在沒必要自暴自棄，妄自菲薄，更不需有患得患失的心理。

△喜歡站在高處呼風喚雨的人，往往爬得快，摔得也快，因為「高處不勝寒」啊！

△智慧有高低，思想也不同，教授他人，勿存歧視眼光，歧視，只會使他人在學習上興趣缺缺。

△知識與智識，有進步也有退化，可以加深也可以變得膚淺。

△人一呱呱墜地，就像一張白紙，一分一秒畫著自己，有人配色得宜，畫出一張美麗又調和的圖案，有人卻繳了白卷，糟糕的，莫過於整張畫紙被塗得污穢不堪。

△彼此話不投機，必經常爭得面紅耳赤，甚而大動肝火，如能互相禮讓，謹言慎行，必能平安無事。

△水往低處流，人往高處爬，人生是一條不斷登高的路，然，登高與行遠，皆必須由近處著手。

△今日事，今日畢，努力的完成今日的工作，擔負今日的責任。

△社會愈進步，競爭愈激烈，但競爭是理性、溫和地相互切磋，不是以卑劣的手段，殘酷的行為來超越、壓迫他人，這種成就是經不起考驗的！

△人生於世，即使風浪不停，只要步履穩當，在逆境中鍛鍊，仍可暢行無阻。

△待人須親切，為人宜謙虛，更要有認知、求知的態度。

△驕矜、霸道是事業上的絆腳石。

△言教與身教同等重要，所以，坐而談不如起而行，否則，一切將淪為空談。

△靠手段而成名，往往變成惡名；放縱自己，等於自尋死路。

△失敗不可悲，可悲的是向失敗低頭，永不思振作。

靜思小語

△人生有著無數條的道路，慎選你（妳）應走的路。

△真摯的友情，沒有學識與地位、貧窮與富有之分。

△如果一心只想在物質享受勝過他人，而不鞭策自己在能力上勝過他人，那是很可悲的。

△境域再窘困，亦要堅守本位，不受邪惡力量的蠱惑。

△建築房子是一磚一石慢慢堆砌而成；學問的獲取亦是一點一滴所匯集的。

△不要一味的貪圖享樂，其實，「樸實無華」亦不錯呀！

△與人說話，勿縮頭吐舌。

△空自幻想，不如真切地做。

△時代再進步，一些真理還是不能變的，譬如，女子的芳潔、心地的美慧等。

△衣冠中人，勿瞧不起貧陋的人家，那是不道德的。

△朋友或親人，彼此坦白無私，真心相向，千萬別陰私刻毒。

△不以一個人的外表，來決定一個人的好壞。

聯想

△在失敗中尋求勝利之果，在勝利中探索，明瞭失敗之因。

△他人意志消沉，神情憔悴，應撫慰他受傷的心田，而非落井下石、惑亂是非，如此算計他人，相當於逼自己走絕路。

△人總愛聽好話，喜得到讚美，但讚美人須恰如其分，以免弄巧成拙。

△處境愈困苦，心不可搖動不安，志節應當愈加堅強。

△偉人與凡人所擁有的時間一樣長。

△遇事沒有主見，缺乏判斷或猶豫不定，這是極度危險的。

△先人的蓽路藍縷，碧血丹心，今日的淨土才能一片和諧，每個中國人都要飲水思源，更團結、更努力。

△偏倚惡人，嫉妒賢人或賣友求榮者，表面裝得和和氣氣，像極了大善人，以「貓哭老鼠」來形容最恰當不過。

△那些紙醉金迷、奢侈浪費的人，如果叫他（她）出點力、贈點金，幫助飢腸轆轆的人，瞧！他一定錙銖必較、吝嗇刻薄，這樣外表好看，內容腐敗，有啥意思！

△能賺亦要能守，「守」乃「節儉」之意。

△說：打落水狗是譬喻對失勢的人，再予以打擊，讓他無翻身之日；想：這樣欺侮人不太好吧！

△家，是人人共同付出的智慧與勇氣，心力與血汗所凝聚而成，那親情是無法取代的。

△「利」固然受人喜愛，如果在與「義」有所衝突時，只有捨利取義，不要做個重利忘義的人。

△勸人為善，與人為善。

△賭博害處多，十個賭博九個輸，男的賭博職業丟，女的賭博家庭破，甚重者，身心毀滅，無挽救之地。

△生命如何美好，亦不過數十寒暑，為求精神不朽，必須把握生命的意義，與全體人類凝結成一股永恆不滅的生命。

△梅花必經一番寒徹骨的洗鍊，才能散出沁人的芬芳，人如果沒有遇著狂風暴雨，又如何懂得英勇奮鬥，以及獲得最後的勝利。

△忍耐不是屈服，容忍不是怯懦。

△我們不能改變天氣，改一下脾氣總該可以吧！

△出爾反爾，不守信用者，根本沒有「格」！

△利用寶貴時間，翻書、閱報，一定受益無窮。

△合法的言論、合情的批評、合理的建議，有助社會進步。

△學習一些過去所不知道或不會做的事，這種由不懂變成懂的過程，是一項莫大的收穫！

part three

散文

一個冰冷的名字

人煙少，曠野，顯得寂靜而冷清，路，荒僻而崎嶇，整個山中，陷入了靜默的狀態，但，有山有水的環境，山居的日子，倒亦感覺踏實。

山風清涼，微微的涼意，沁透心坎。遼闊無際的平野，展露一派生氣，四處是春的氣息。

上午，濃濃的雲霧，層層的，橫掃著整個山徑，看著霧氣升騰，視線受阻，瞧不清前路，亦望不見左鄰右舍的蹤跡！

午后，霧漸散去，陽光閃爍著光采，天空是一片亮藍，晴朗暖和的日子，金色的光線閃亮！

襯衫、窄裙、高跟鞋，三者的搭配，一直是她外出時的穿著。

在她清秀的臉龐，抹上了一層淡淡的憂鬱，已有好長一段時間，她失去了歡笑，淚水溢眼眶，痛楚揪心房，悽愴和無奈，孤寂與徬徨，承載重擔，襲上心頭！生命中的點滴，深刻的體驗，無法忘懷於冷暖無常的世態下，諸事的不便！

每回，來到這個地方，她就有一種溫馨的感覺，這是個素淨幽雅又井然有序的環境，雖只是短暫的駐足，但受人恩情，心存感激，若無人提挈，她如今不是還在門外摸索嗎？而每趟的前來，以誠相待，以禮相對，使她能夠掏心剖腹的暢所欲言，這是「緣」的最好詮釋。世態炎涼，知音難遇，能遇上幾位知己，她歡喜於自己的幸運，於是，她更樂於走動了，不為別的，只為和大家見面，道聲好，此乃無可置疑，千真萬確！

山中，恬靜的感覺，被擁有的，當悄然而去時，她那纖細的身，就更顯得柔弱了！而心中，越是控訴，越是除不盡傷懷處，對此環境，存在著的，既熟悉、又陌生，她的眼眸，常會望向寂靜而茫然的天空，閃現出縷縷的悵惘！

思緒，拉回了現實，她步向了前面的路，圃中的花草，生氣盎然，美姿朵朵，是生命的象徵，希望的存在，相信在人力的照拂下，它們會活得更好，盛開得更完整與更粲然！

門檻跨進，他起身相迎，笑容翩然而來，這裡的每一位，都是視社為家，傾力將心智貢獻，奉出一己之力，使美好的地方，明日更美好！而她，雖不是這兒的一份子，與他們之間，卻有著濃得化不開的情誼！

記得兩年前，一個冬天的下午，某位前輩的邀約，她決定叩訪，雖然已有了心理準備，但仍然心情起伏，直到見了他，再一席對談，她知道他，人生經歷豐富，又了解他的關愛，於是，暖絲流入了心底，寸寸的溫馨，勉勵的話語，至今仍深烙心田，兩年後的幸運，有緣與另一位前輩相識，她的眼神，先是飄滿問號，而靈光閃動，莫名的心情，驅使了她，在突然的叩訪下，不同的人物，同樣粲然的笑容，使它的疑慮，消失淨盡，不顧才疏識淺，亦拋忘了自己的身分，竟暢所欲言了起來！

窗明几淨的辦公室，整理得有條不紊，一眼望去，平和靜謐。穩重內斂的他，予人感覺，那造型，屬於處事練達、圓融亨通之輩。額頭光亮、思慮成熟，神采奕奕的臉上，笑容盪漾浮雙頰，而雙眼黑白分明、澄澈而銳利，潛在於內的，是剛毅不拔與智穎超凡，外在的體型，走路時健步如飛，乃有過人的毅力及堅持！

「聽說妳未婚？」招呼坐下後，他找了話題，先開口問道。

「是的！」她回答。

「有沒有，看中意的？」文人的涵養下，一臉的關切，問著她。

她已到了拉警報的年齡，這些年，追求者雖有之，但接納之前，必須先仔細觀察，尋覓下，思想的差距，對「緣」字，她心冷了一陣，所以，與其草率成事，她想，寧可放棄！

幾天前，一位結婚兩個多月的同學，跑來找她，跟她說，她真後悔結婚，太早羈絆自己，受了束縛，不自由，她耐心的安慰她，既然已結婚，這是多少女孩夢寐以求的，成了親，就該以家庭為重。當她的同學離去後，她想，別人的事情，要解決，好像輕而易舉，而自己，那難解的習題，又該如何解？

她認為，情愛的歲月中，相知相戀的結果，所執著的，兩顆心，應緊密的牽繫，烘焙出一番的甘苦相溶。家，是共同擁有，就必須竭盡心力，相互扶持於它的完整，縱然她有這等想法，許多人說她，太過於古典，不符現代人的要求。於是，一年年過，她沒有追尋於這個「緣」的結合！她只在等一位穩重男孩的出現，賜予她安全感，但是，此人一直未曾出現過！

「妳為什麼會取一個這麼冰冰冷冷的名字？」他溫和的詢問。

「曾為自己取一個還算靈巧的名字，希望青春的年華，亦能蘊藏一份活力，亦讓性情開朗些，幾年下來，發現自己就是活潑不起來，之後，又聽聞他人提起，指我與其他女孩相較，沒有活潑奔放的性格及柔媚嬌俏的性情，只有幾分清新。靈感，就是來自於他們，同時，亦因許多的不如意，所以，這樣一個冰冷的名字，就誕生了！」她細說原委。

他觀人入微，「妳是非常富有感性的，最近，怎沒見妳的作品出現？」

「靈感閃動，必勤寫不輟，無分日夜的寫，一旦腸枯思竭，立即停筆！」

「一個寫作者，應是越寫越老練！」

「話是沒錯，但我常年待於山中，山間景致的描述，幾乎寫盡，再寫，亦等於陳腔濫調，毫無內容，久了，必會受讀者所鄙棄於門外，由歡迎到冷落的情景，亦可想而知，與其如此，不如不寫。再說，少與外界接觸，能寫的題材有限！」微酡的臉，訴說著。

「妳寫作的題材，來自何處？」

「有時，是聽他人講，有時，則是周遭事物的描述，亦常寫自己經歷過的事。」

「要常看常寫！」

「每一位作者都要多聽、多讀、多看、多寫，才會進步。」

倆人均有同感，由始至終，臉上均浮現著笑容，侃侃而談。

看看腕錶，還有事要辦，她起身告辭，他亦起身，伸出結實的手掌，說道：「我們握個手！」

溫溫熱熱的氣候，她的手，仍舊是冰冰冷冷的，一如她的名字！

「歡迎妳有空，常來這邊坐坐！」他誠懇的態度，誠摯真切的說。

乍聽之下，她的語調中，掩藏不住喜悅，心湖，亦飄來一陣暖流，「好！」

「亦希望妳，多寫一些東西！」他又鼓勵的說道。

「好，我量力而為！」她簡單扼要的回答，心中卻萬分的感謝。

這屋子裡，處處溫馨，愉悅的氣氛，叫人不忍離去，而靜靜聆聽他的話題，他冷靜、理智的思考下，圓融、練達，她相信他，必有道不盡的軼事及說不完的趣聞，在揮手道別的那瞬間，對於這位長輩的呵護，離去，有著幾分不捨！

女人話題

之一

台籍的她，嫁入金門已有二十幾個年頭，家暴，令她後悔這樁婚姻，我這兒，是她的避風港，每回的不順遂，她會來找我。泡杯咖啡，讓她品嚐咖啡的香味，再聽她細訴不如意；我喜歡啜飲著咖啡香，它可以提振精神，助我靈感，家裡從不缺咖啡，原因在此。

某天，她提著行囊，紅著雙眼，來向我辭行，聽她道明來意，她的丈夫要性，她則要愛，這回，她是下了重大的決定，那她的孩子呢？她們何去何從？

性愛之間，她每遇房事，便有恐懼心態，她渴盼魚水之歡，但痛苦的經驗，使她難堪！

我為人媳、為人妻、為人母，居於母性的光輝，第一個想到的，就是她的孩子怎麼辦？小雞都嘛是母雞在帶，不是嗎？

傳統觀念裡的勸和不勸離，派上了用場，我跟她說了一大堆的道理，最後，連哄帶騙、連人帶行李，將她拖了回家。

都快五十歲的女人了，怎能輕言說離婚，孩子不能沒有母親，為了家的完整，我的勸，她聽進去了！

沒多久，她在警方的保護下，給了我一通電話：「妳是我在金門，唯一能信賴的朋友，我……」，我很震驚，她又受傷了，如果當初，我不把她勸回家，直接送她到尚義機場，送她出境，她現在，會不會是個快樂的女人呢？我開始接受良心的譴責，她把我當好友，無話不說的好友，我竟然害了她？

我想去看她，但我不知道她在哪裡？

不久後，她回來了，身上多了一張保護令。

我很自責，但她沒怪我。

她又來找我了，我仍舊泡了一杯濃濃的咖啡，在我家客廳的沙發，我們面對面坐著，我再次聽了她的心聲……。

現在，她過得很好，丈夫待她如貴賓，亦不再發脾氣了，對她呵護備至，連房事也順多了，漸漸地，有了戀愛的感覺……。

我鬆了一口氣，不再那麼自責了！

寒玉的話：夫妻破鏡重圓，祝妳幸福！

之二

六十歲的女人，還要抓姦，真是太悲哀！

她和丈夫分房多年，她有著傲人的大胸脯，但丈夫就是不碰觸，怪哉！

她的丈夫，認識了一個相貌平平、胸部也平平的女子，對方沒有漂亮的臉龐，也無迷人的身材，但溫柔賢淑，兩人墜入了愛河，一發不可收拾！

許多外遇的男子，家中，都有如花似玉的老婆。

她氣急敗壞，氣丈夫沒品沒眼睛！

丈夫依然故我！

她的凶悍，村里出名，見不得人好的鼠肚雞腸，極盡挑撥之能事，把左鄰右舍攪得雞犬不寧！

她的氣焰高漲，眾人避之猶恐不及，她卻得寸進尺，人人懼怕，她引以自豪，究其因，她制不住丈夫、管不住兒女和媳婦，只有將觸角延伸，心理不平衡地，要每個人都像她一樣，孤苦無依！

可憐可悲的女人呀，她在人前，頭仰高高看藍天；她在人後，孤單影隻憶從前。

自以為是的作風，背後，遭受了多少批判！

寒玉的話：如果我是男人，我也不會愛妳，回首是岸吧！

之三

在美容院，認識了一位美髮師。

她是外婆一手帶大的，有著繪畫的天份。

她和其他愛畫畫的同學，老師用心栽培，希望她們將來，在繪畫的領域裡，能一展長才！

可惜，她的外婆不應允，只要見她習畫，謾罵加諷刺，讓她痛心疾首，最後，選擇退出，每天難過的，看著其他同學，繼續翱翔於繪畫天地。

我問她：「其他同學有出頭天嗎？」

「她們當了美術老師。」她的眼角泛著淚光。

「後來呢？妳怎麼決定人生的走向？」我繼續問。

「我選擇美髮，但嫁人後，生了小孩，我就在家裡帶孩子，現在他們都上學了，我不想什麼事都一半，畫畫一半、美髮一半，但畫畫已經不可能了，就選擇回美髮這一行。」她顯得自信多了。

「一半小姐，總是有缺憾，妳現在寄情於美髮，應該很快樂吧？」

「小時候受到打擊，心中還是有那一層陰影，畫畫是我從小的心願。」她的指尖，在我頭皮上按摩，很舒服，她邊洗、邊聊：「我現在，還有一個心願。」

「啊！」從鏡子中，我看到她渴盼的神情。

「想再生一個小孩，我愛孩子，很愛！」她肯定地說。

「那，加油啊！」我接著說：「如果又生了孩子，再次回家照顧小孩，妳又要當一半小姐了？」

「等孩子大了，再出來工作。」她停頓了一下：「不知道什麼時候，才會實現？」

「妳有避孕嗎？」我問。

「沒有啊！就是沒消息。」

「心情放輕鬆，有壓力的女人，不易受孕，再沒消息，就要看醫生了！」我又補上一句：「生兒容易，養兒難呀，以後的教養，才是一門大學問。」

與她一席談，感慨良多，我家唸幼稚園的大兒子，也喜歡畫畫，每次看他塗得一身，我幾乎動怒：「畫畫能當飯吃嗎？」我跟美髮師的外婆，好像喔！

不久前，全縣的幼兒寫生比賽，學校派兒子參加，到了莒光樓，萬頭鑽動，心裡想著：「不用功讀書，都要上一年級了，不趕快學ㄅㄆㄇ，以後怎麼跟得上？那三腳貓的功夫，根本是來陪畫的！」

嘀咕過早，真該掌嘴！當比賽揭曉，兒子脫穎而出了！

兒子抱獎回來的那一剎那，我感動，亦感羞愧！他的畫，能獲評審的青睞，表示有一定的水平，我這做母親的，在他畫畫的天地裡，從來沒有鼓勵過他呀！

我開始注意到學校發回來的：「好寶寶聯絡簿！」

「自從上次戶外教學參觀了戰史館，騰騰對蔣公、共匪及軍事方面，有了濃厚興趣，好學的他，至今還會和老師討論相關的話題呢！」

「騰騰總是活力十足，也一樣很愛發問，最近對恐龍很有興趣，爸爸媽媽有空可以跟他一起研究哦！」

「騰騰在合作畫時，展現他在繪畫方面的專長，若再加強其組織能力，將更完美！」

「到五年級教室看布袋戲之後，騰騰就自己製作，他很專注地做了十多個偶，和其他幼兒一起演戲呢！」

「騰騰製作道具十分認真用心，上台演出，表現很好哦！」

「騰騰戶外教學時，很用心的觀察，這可從返校後，老師出考題，他均能答出大部分問題，知道他認真參與的態度。」

「騰騰的恐龍研究，非常深入哦！另外，騰騰也很有同學愛，威威今天生病住院，他幫威威祈禱，祈求神明，讓威威趕快康復呢！」

「騰騰很認真，老師上完動物的寶寶及牠的家後，他就畫一張螞蟻的家，和小朋友一起分享！」

細讀老師的話，慚愧極了！老師挖掘了兒子的寶藏，用心呵護，我這做母親的，在望子成龍的心態下，一味的苛責，我究竟是不是個好母親？

在家中，我定了許多的家規，包括：「今日事、今日畢；用餐時刻不說話；幾點就寢，幾點起床；書桌整齊清潔零污染；儀態端正、服裝燙整……。」如此要求，只為那天，自己不在了，孩子能獨當一面。

愛之深，責之切，期望孩子用功讀書、認真學習，將來有所成就。

蔡家的每房，都出了一位醫生，目前有兩位，第三位即將誕生，在一片慶賀聲中，親友的聚會，我們這一家，倍受矚目，四個孩子站一排，看看誰，長得像醫生臉？

早知道當醫生那麼「臭屁」？當年嫁醫生就好了，幹嘛嫌他禿頭、暴牙、年紀一大把！總覺醫生的那對眼睛，閱歷無數的美女，那雙手，觸碰無數的病人，就是沒安全感！所以囉，如果自己的孩子，將來當不了醫生，那也是命啊！

兒子最近迷上恐龍，帶他逛書展時，他挑了一本「侏羅紀——大恐龍」，遞到我的面前：「媽媽，我可以買嗎？」看他渴盼的眼神，又一臉無辜樣，是啊，他的人生，應該由他自己掌控，他有他的思維，小小的心靈，不該承受太大的壓力，而我，更不能阻絕他的興趣，愛畫畫，就去畫吧，媽媽支持你！

寒玉的話：人生有夢最美，築夢踏實！

之四

她是個愛漂亮的女人，歲月催人老，他開始發現臉上的抬頭紋、魚尾紋、斑點，越來越明顯，一向不相信健康食品的她，這回，掉入了廣告的陷阱！

她心動於這則廣告，一天一錠，永遠美麗，只要十四天，時光回溯從前，臉上的瑕疵都不見！

五十六顆的回溯錠，叫價二九八〇，女人的錢，最好賺了，她眉頭都不皺一下，訂了、買了！她最討厭吃藥了，為了漂亮的臉蛋，甘心每天早晚，服下那一大顆，會哽喉嚨的回溯錠，每天，胸部漲漲的，像懷孕時候的漲奶，那ㄟ按呢？

時間一天天的逼近，就要驗收成果了，臉一樣難看，胸部一樣漲！花了一筆錢，雖沒了美麗的臉，卻賺了豐潤的胸，也算值得了！

二十八天的健康食品吃完了，愛美的女人，沒有什麼收穫，因為她——退奶了！白白浪費了將近三千塊，這才恍然大悟，誇大的廣告，都是騙人的！

寒玉的話：上一次當，學一次乖，下次不要再買了！

之五

多年來，她一直有著許多的仰慕著，但高傲如她，從未當一回事。

最近，她愛上了不該愛的人！

她與他，年齡相近，他的內斂，深深的吸引著她；他的穩重，讓她產生了依賴。

沒有一個男人，能躍入她的心扉，這個成熟男子，竟盤據著她的心，讓她思念，她的腦海，盤旋迴繞的，都是他的影像！

她費盡心思，與他見面，喜歡看他迎面而來的翩翩風采。次數多了，越陷越深，她對他透露著隻字片語，只想告訴他，對他存有好感，這不是她的作風！

他沒回應，她壓抑著自己！

天寒地凍的日子，怕冷的她，老遠地跑去見他，她對他的好，除關懷，尚含情意，呆頭鵝呀，他以為她是為了差別待遇！

漫長歲月的等待，她終於遇到了心儀的對象，在一次不小心，碰觸了他柔軟的手後，便已深深的陷入，然而，他是有妻室的男人啊！

每回見他，以輕柔的語調，和其他女人閒聊，她的一股醋意，油然而生，只是，排除萬難地去看他，如此的景象，她無法制止，亦沒資格！

愛上這樣的男人，註定痛苦，日復一日，她為他消得人憔悴，再多的保養品，也喚不回她失去的容顏！

她要在這塊土地終老，要求完美的她，人生不容有瑕疵的，這回，她傲骨可碎，竟挖坑自己跳！

他要走了，她很難過，她已無法自拔，鼓起勇氣，撥了一通電話給他，扯了一堆，就是未切入主題！

在他要掛電話前，她顧不得女性的矜持，開口要他留下，他答應慎重考慮，但要尊重妻兒的意見，輕柔的聲音，令她神魂不知去向！

她白癡地在電話中問他：「你們夫妻感情很好？」

「對！對！」他簡單的回答。

笨女人呀！他是個有家庭的男人，與其問他們夫妻感情好不好？既然要當白癡，不如就直截問他：「你們婚姻什麼時候破裂呀？」

她用心良苦，只想把他留下，只要能常見他，就心滿意足了，她不管他是什麼身分。

她依然癡癡地等，朝思暮盼日月長，等他慎重考慮後的答案，但他，尚未給她任何的答覆。

女人的心思最細膩了，多次接觸，發現他對每一個女人，都一樣的好，她的心，涼了半截，陷入無邊紊亂的思緒當中，她收斂起笑容與熱情，自古多情總被無情傷，她冷靜了好些天，思考著自己挖坑自己跳的情景，原來都是夢境一場，大眾情人是不能獨享的，她該劃下句點嗎？她很矛盾！

她又撥電話給他了，接通後，他沒有立即回應，那頭，只聽見他開開心心地，和其他女人的對話，他的聲音，依舊是那樣的輕柔，一分鐘、二分鐘、三分鐘……，她在心中嘀咕，不接就乾脆掛電話，平日都告訴她，電話費很貴的，今日卻讓她拿著手機，聽他和別的女人「聊天」，她的心情沉澱，心裡真不是滋味，不知聽多久了，她掛電話了！

他告訴她，不知道她有call他，連聲道歉，她不忍責備，是她自己要愛上這可愛又可恨的男人！被愛幸福，愛人痛苦，她還要繼續痛苦下去嗎？她的愛戀何時休？可有結果？

寒玉的話：給妳一盆冷水，澆醒妳！

之六

只要戀愛不結婚的女人，越來越多了，她喜歡在做愛前，洗洗鴛鴦浴、看看A片，再穿一身豹紋的性感內衣，以挑起性慾！起初，我聽得臉紅耳酣，結過婚的女人，敗給這未婚女子！我告訴她，交男友可以，但要守住防線，把最好的一刻，留待初夜，她噗地一笑，說我ＬＫＫ，都什麼時代了，那一層薄薄的膜，有那麼重要嗎？

我這一枝花的年歲，跟她灌輸這種觀念，難怪她會笑我，這現代的女子，盡情地揮灑年輕歲月，勸她找個可靠的男人，嫁了吧！廝守一生，做愛做的事，亦比較沒負擔，她又笑了，說我腦筋轉不過來，誰說女人一定要結婚，她的周遭朋友，有許多熱戀結婚，孩子生了，丈夫跑了，愛情夢亦碎了！更有者，她們的同學聚會，結過婚的女人，有的夫妻各玩各的，陪伴出席者，每回身邊的男人都不一樣！

我很懷疑：「在丈夫以外的男人面前寬衣解帶，不會難為情嗎？」

「那才刺激呢！」她嘟了一下嘴，「在家裡是例行公式，在外面就不一樣了！」

「啊？」我還是不解。

「跟老公在一起，就像左手摸右手，有什麼情趣可言！」她接著說：「嘗試不同的男人，有著不一樣的快感！」

「可是……」我頓了一下，「健康教育裡面，無論男人和女人，除了臉蛋不同，其他都相同啊！」

「刺激啊，偷偷摸摸的感覺真好！」

「真的嗎？」最近正在寫女人話題，這是個寫作的好題材，我可不放過，追著她問。

「妳有沒有聽過，什麼叫死人？她反問我。」

「死人？哦，往生的人！」我故意答非所問。

有人來訪，我習慣泡咖啡，她正低頭啜飲，差點噴了出來，「你們夫妻是怎麼辦事的？」

「就……就在一起啊！」夫妻履行同居義務，是天經地義的事，但要在外人面前談論，還真需要勇氣。

這小妮子，竟然不放過我，「我都告訴妳了，妳也要從實招來！」

「這很尷尬耶！」我的臉又一陣熱。

「妳們家有沒有A片？」她問我。

「沒有。」我斬釘截鐵地回答，「這會帶壞小孩的，我們連第四台都沒有。」

「妳有沒有性感內衣？」

「沒有。」我接著說：「我把孕婦裝當睡衣，這樣比較省，又不會浪費。」

「是妳先碰他，還是他先碰妳？」話題越來越火辣了。

「這檔事，當然要男人主動。」

「你們夫妻……？」

「……」

「妳這樣子，既像木頭，也像死人，真沒情調，不怕哪天，妳老公往外面發展？」

「如果真有那天，我亦認了，就是我不夠好，自己要檢討，不過，我相信他不會，他是個好男人。」

談話結束前，她教了一些可促進夫妻感情的妙招，只是，到目前為止，尚未用到。

寒玉的話：生理的需求屬短暫，夫妻間的扶持較永久！

之七

住家附近，有一家KTV，這些年來，起起落落，無論虧與賺，與我們無關，但多年來，夜間進出的車輛，不甚其擾，尤以家旁的空曠地，成了臨時停車場，鶯鶯燕燕的出入，擾人清夢！

夜半時刻，好夢方甜，車聲與人聲交雜，披衣而起，一探究竟！

從二樓房間，探頭往窗外望去，人在高處，往下眺望，春光無限，「妳好美喲，來，再來一個……」「啵……」西裝筆挺的男人，一身酒氣，連屋內都嗅到了！

孤燈夜影，寒風瑟瑟，一襲黑色的晚禮服，前低後空的造型、前凸後翹的曲線，這女人，令眼前的男人，為之瘋狂，或許她美，亦或許酒蟲作怪，他吻著她的額頭、臉頰、嘴唇，二人熱情擁吻，看得我心跳加速！接著，他不安分地將手伸進她的雙峰，又搓又揉，不停地捏呀捏，順勢而下，掀開了她的底部，拉著她，迅速地開啟車門，往車內鑽去，該是精蟲作祟吧？

如果我是導演，一定喊卡，要他們適可而止，別假戲真做，但女人，沒有抗拒，任憑他需求，女人呀！妳何苦作賤自己呢？或許妳有隱衷，亦或許你倆真心相愛，場地，似乎不對呀！

手機響了，「喂，哦，我就要下班了，東西收拾一下就回家！」撒謊，明明懷裡抱著別的女人，不知情的妻子，可能還守在家門口，等老公下班吃宵夜呢？

才要入眠，外頭又有聲響了，平日，我們將愛車停在家門口，某天，充滿希望，欲迎接新一天的來臨，映入眼簾的，是車子凹了一個洞，哪個該死的傢伙？肇事逃逸！肯定在溫柔鄉，懷抱美人後，霧茫茫、眼茫茫，倒車失利、口袋見底、溜之大吉！連聲道歉也沒說，就這樣走了！花了一筆修車錢消災後，養成了外頭有聲響，下床來察看，就怕愛車再遭殃，至少，記住車號跑不了！

又要起床了，好累呦！

啊！又是她！那個剛才送走「情郎」的女子，現在又讓另一個男人，摟著她的纖腰，腳步踉蹌，二人又擁又抱、又親又吻，男人把頭鑽進她的心窩，一雙手在她的身上游移，她發出了呻吟聲，啊、啊、啊的，三更半夜，什麼鬼聲音啊？

方才那次，看了以後，坦白說，我有一點生理反應，再看第二次，只覺嘔心！

她沒有更衣，仍舊是那一襲黑衣裳，侍候了第一個男人後，有沒有沐浴啊？如果沒有，第二個男人，當嘴唇浮貼在她的軀體，吸吮著的，是第一個男人的唾液啊！有沒有細菌啊？那第三個男人？第四個男人呢……？

這一身好功夫，不知是怎麼練就的？我們平凡人，每履行一次夫妻義務，都要腰痠背痛好幾天，真佩服她的功夫！

寒玉的話：女人呀！愛惜自己的羽毛呀！

小閣樓上好風光

站立小閣樓，居高臨下，風景怡人，眼眺四周，風光無限！

在生活上，小閣樓是我常走動的地方，尤其在那兒，可以清晰地看到田園的景物，腳下綠油油的田一塊塊，阡陌縱橫，恰是一曲綠色的音符。那種綠之野所帶來的暢愉氣氛，令人歡欣，為之神馳！

太武山巔的兩顆白球，正對著我家的小閣樓，無論在小閣樓或其它位置，可以明顯看到它，閒時，我底雙眸凝神地望著它，突然有一天，發現其中一顆不見了，相形之下，另一顆就顯得孤獨許多！過了幾天，它又冒出來了，兩球並立，相依偎，像是有情人朝朝暮暮的長相廝守！

人兒裸露著小腿，嘻嘻哈哈地浴著池水，輕輕鬆鬆地遨遊在一泓明鏡的清冽之中。平靜的池水，因波動而盪漾，自然地編出了許多小圈圈，人兒在相互捉弄下，濺了一身水珠子。他們由抽水機抽取池水灌入田間，助益農作的快速成長，待水將乾，使出了抓魚本領，池底的魚兒成了桌上佳餚，只是吃起來泥巴味好濃！

戰備道上，來往的車輛馳來馳去，一片塵土飛揚，因大小車輛的駛往，使得寂寥的地方，有時亦熱鬧非凡。

好多不知名的花兒，漸次枯萎了，這些美麗的姹紫嫣紅，只有來年再見了，雖感悵然，但，花若不凋謝，怎能體會花開的興奮，就如月亮，月若不常缺，又怎能感受月圓時的美好！

小閣樓觀景，挺有意思的，看著東西南北邊，既能觀察，又能沉靜思考。小閣樓不大，不過，透著門窗望出去，視野可以遼闊許多，而步出小閣樓，在屋頂的石凳上坐著，由近而遠，由遠而近，一望無際耶！

山野掇拾

芳草萋萋，鬱鬱叢林，樣樣都披上了綠衫，面對廣疇的綠波，嗅到了綠色的氣息，在柔細的呵護下，翠綠篩滿大地，綠的世界裡，沁出和諧之情懷。

❖　❖　❖

一片略有斜坡的空曠地，四周茁長一片嫩綠，隨著時光輕悄悄地挪移，逝去如飛的日子裡，那季節的更換，使得芳草有著顯然的逐漸枯萎，而芭樂樹依然結滿果實，小男孩穿梭於芭樂樹下，上下看、左右瞧，驀地，他的臉露出欣喜，他伸手欲摘取，可是，樹高人不及，抓抓頭髮，沉思半響，終於，用最簡單的方法，一跳、再跳、三跳，哈哈！芭樂樹逃不出他的手掌心，他拍拍身子，天真無邪的啃著香甜的芭樂，當他回頭，發現我騎著單車減速慢行地凝望著，頓窘紅著臉，「嬌滴滴」地低下頭，不知所措，剎那之間，只覺得小男孩好可愛！

❖ ❖ ❖

我又看到老農戴著笠、牽著牛、犁著田，牛兒一步步地向前，走走歇歇，農田一畦畦整齊地排列，老農拿著濕毛巾拭去額上的汗珠，我看到他掌上起了硬繭，額頭的皺紋亦因風吹日曬、久歷風霜，又加深了！我想：在歲月的洪流裡，他一定遍嘗著沉重的壓力，可是，他的日子雖然艱辛，然而，他依然默默地耕耘著，而牛隻亦忠心耿耿地扮演牠的角色。

❖ ❖ ❖

雅萱姐來訪，與她走在山野小徑，於黃昏裡散步，看著黃昏景緻挺愜意的，一路上，我們談了很多，包括她的婚姻及人生觀，她是個聰慧能幹的女孩，但白馬王子遲遲未出現，或許是緣份未到吧？祝福她在辦公桌的日子裡，很快的就與白馬王子手牽著手，共築那座「愛的小屋」！

❖ ❖ ❖

當劉官告訴我，他沒有太多的時間閱報，鼓勵部屬每日翻閱「正副」，如有我的文章出現，必須立刻回報，他每篇必讀時，我睜大了眼睛，以訝異的目光及口吻問他如何知道的？他笑著說：「弟兄們都在看，妳多寫一點就是了！」弟兄們的愛護，對學問有限公司的我，不知如何回答才好！

❖ ❖ ❖

蕭官帶著布匹要我車旗子，他那嚴肅的模樣，我拿了剪刀之後直發抖，尤其從未做過旗子，不知如何裁剪？他呀！「師傅教徒弟！」一板一眼的畫線、剪裁，又耐心的教導，終於大功告成！這位嚴肅師傅何時變得允文允武？細究之下，方知其姑姑為此行高手，他在目染下，自然對這方面非常了解，今日要不是目睹，真不敢相信，這位平日威風凜凜的大男生，還有剛中帶柔的一面哩！

心靈札記

小時後因濱海而居，天天都能欣賞到海的景象，看那白花似雪的碎浪，自遠處奔騰而來，奔向沙灘、奔向濱海大道，有股青春的活力，源源不斷的生命力，自然而然地流露，觀賞之際，心靈被洗滌得清亮，同時，亦學習海那永不止息的奮發力！

遷居之後，再也看不到濱海一帶的風景，尤以濱海裡的那座碉堡，每每漲潮，幾被吞噬，阿兵哥涉水而過的情景，無奈與險象，歷歷在目，如今，偶爾返鄉探親，才能重溫底舊夢！

初到田莊，遼闊的原野只有零零落落幾戶人家，一到晚上，漆黑一片，膽小如我，愛白天而不愛晚上，據說，這裡的前身是高爾夫球場，場旁有「別墅」，晚間熱鬧無比，每聽聞這些，就憶起上歧國小時，李老師最愛說鬼故事了，他擅長講的是：「有一個人，夜深人靜蹲在茅廁，突然糞坑裡有人嗲聲嗲氣地說，你要不要衛生紙呀？嚇得他慌忙逃走……」，雖然說故事，卻使我們這群小女生要入「四角店」時，總要成群結隊地找人「把風」，無論小解與大解，總要小心翼翼地低頭，看看那又臭又髒的糞坑，有沒有人伸手問妳要不要衛生紙？

下午放學後，踏出校門，一路上，經過石鼓山、陵水湖、上庫、上林，再到下林，跟著路隊就覺得安全無比，如果獨自行走，可是膽顫心驚！晚間又得聚集在上林分校晚自習，於學校廚房左側，有一座山洞，同學都喊它「鬼屋」，記得有一次，幾位頑皮的同學拿著手電筒到洞裡尋寶，我們這些膽小鬼在外面等候良久，不見他們出來，以為被鬼抓走了！我以風紀股長的身分欲向老師報備「人口失蹤」，卻見他們安然無恙的歸來，並洋洋得意的暢談他們是如何與鬼打交道，聽後，好崇拜他們的偉大！天曉得，過了一段日子，學校舉行大掃除，老師帶著高年級的同學至洞的四周打掃，才知道，大家都上當了，這世上哪來的鬼？那只是一個山洞。

晚自習後，步入歸途，小店鋪已打烊，住家也早早休息，伸手不見五指，整個人邊走邊將身子縮成一團，這回，怕的是水鬼！怕他們半夜摸上岸，路上，都會雞皮疙瘩，只有接近自家門口，看到那盞微黃的煤油燈，心中才會升起一股暖流。

現在的田莊，青翠嫵媚的山巒近在眼前，在陽光的溫射下，揮別了以往的陰森，一片生氣盎然，亦綻放一朵朵的花訊，聖潔而芬芳，尤以小弟栽植的玉蘭花，我最喜愛，當午明的天光與啁啾的鳥啼之後，繞著玉蘭花樹打轉，順手摘取一粒放在口袋，擁著滿懷的芳香，嗅到生命的芬芳在空中流暢，生命的光輝在每個舒張的毛孔中透出；接著，讓花香伴著我，騎著單車由西洪出發，目標朝向山外鬧區，無論進貨與出貨，讓晨間新鮮的空氣陪伴我！

車輪滑動，一個勁地向前奔，山路的蜘蛛網，無情地迎面而來，眼睛、鼻子、嘴巴，一網打盡！騎呀騎，好不容易抵達平坦的公路，穩健多了，道路兩旁的樹葉和小枝們，當微風起，它們就翩翩起舞，阿兵哥們為維持乾淨，每天拿著掃帚清掃，道路整潔一片，他們功不可沒！

一路上，聽到大自然純樸的召喚，在中正公園對面的一畝田地裡，農友不論早晨或黃昏，均不倦地付出心力，照顧那些菜畦，播種時，我看到他們的辛勞；收成時，我看到他們的喜悅，播種與收成，均擔負重大的心力！

望向這條樸實秀麗的公路及中正公園的人們，他們或跑、或跳、或舞、或散步，所選擇的運動方法，都是有益身心的，他們的健康，清楚地寫在他們的動作上，笑容，則自然地展現在他們臉上。

凝視太湖，湖水綠得深沉，有時也白藍藍的一片，迎著湖面，輕飄過來的微風，有種難以言喻的感觸。車不斷向前，路旁的木麻黃不斷往後，這公路，受著湖水及朝陽的照拂，顯得耀眼淨亮。湖的靜與路上往來人潮的動，成了強烈對比，儘管如此，卻一點也不失它的價值感！

新市公園經過維修之後，煥然一新，人兒們迎著晨光，在清新的氣息裡，手持照相機，照張像吧，留下一些印象、一些回憶！

今天又是滿載而歸，滿滿的收穫！

且擁綠之園

黎光破曉，鄰居由煙囪燃起一縷縷的炊煙，冉冉升起，嬝嬝伸向天際，之後，消失縹空中，恬靜的眸子凝視著；而晨起，踩著綠油油的青草地，浸潤在一片寧靜的溫和中，享受著大自然賦予人們自然的感官美，心靈有著一種喜悅和滿足，湧著一種盈實和芬芳。

輕哼著小調，投入了大自然的懷抱，去擁有那串串數不清的純真和生機，心靈盈溢，感受綠所傳遞的喜悅，在綠的疆域裏，它是最廉價、壯闊、婉約的視野享受。

山野的遼闊裏，世界生趣盎然，而家門前，偌大一片田野和屋後的大片果園，讓思緒沉浸稍一擷取，便溢滿胸懷。時常，聆聽自然間聲聲響響的呢喃，亦孕育了我寫作的靈感，在這園地裡，寫出了篇篇的詩章！

當太陽照射在屋後的樹梢，發出耀眼的綠光，顏色異常柔和，有著令人難以忘懷的美，而山巒交會，峰峰相連，青山蒼蒼，綠野盈盈，心中隱隱約約，歡欣幾許！

住鄉間，朝夕與山林為伍，無形中感染了那份曠達的胸懷，在生命的五線譜上，飛舞跳躍，奔騰澎湃，將心園生命的花朵，培植得欣欣向榮。

咀嚼一口綠意，在胸中迴盪滋潤，洗脫塵世的喧囂，享受心靈的滋長，尋找充滿性靈的自我，由自然中的孕育，汲取生命的奧妙，從山山水水間，亦能感知人生的真善美，使本身能蘊含著一股純樸可喜的性情。蓊蓊鬱鬱，全是綠蔭，百花齊開，姹紫嫣紅，美不勝收；野花野草，經過了陽光的催暖，遂亦成了大自然賜予的茂盛花宴，格外地賞心悅目，順手摘下幾朵，嗅聞，馨香撲鼻微酣醉。有時，雨滴輕灑，停落於花叢間，鮮嫩的花瓣上，雨珠不斷滾落，好擔心，它會染紅了碧綠如茵的綠草。當雨後的綠意盎然，則象徵著清純雅嫩的新生及昂揚蓬勃的青春。

輕啟眼眸，連綿的山脈，青翠的竹林，纍纍的果實，蓊蔥的林木，稻作的搖曳，花兒的清香四溢……，視野蒼茫，全映在明亮的瞳孔，看不完、訴不盡，多少晨曦和落日，塞滿著瞳眸的視野。

靜靜的徜徉，毫無憂愁的在這兒享受著一份無與倫比的樂趣，讓靈思飛翔，使心中有所觸發。

迎著陽光，迎著和風，打開心靈之窗，風微微輕輕地吹過來，身心為之一爽，風輕拂，曲音亦柔柔揚起，一股悠閒超脫的情愫便油然而生，心靈舒暢的滋味，非身歷其境之人，無法領略。

種植作物，於鬆土之後，撒下種籽，每天撕去一頁日曆，數著豐收的季節，日子的來臨，不畏寒霜的摧折，無懼烈日的烘烤，當烈陽如火如輪似的在四處燃燒，燒得渾身黝黑，烤得遍體汗珠串綴亦不悔。燦亮的金光亦將身影描得金亮無比，斗笠下的臉龐亦微帶紅暈，漸漸，白皙的臉顏成了健康的色澤。

種籽萌芽，草兒也探出頭來，注視著這青翠的世界，並彼此競長，費盡心力，用盡心機，保農作的正常成長，蹲身拔除鮮嫩可愛的小草，將它們置於一旁，瞧那楚楚可憐的模樣，心起了憐憫。

走在田邊蜿蜒小徑，將草兒踩得微彎，曠野的風拂掠，髮飄飛，吹在臉上，輕柔舒服，吹在身軀，清新舒爽。此際，已是農作稻物滿田香，金黃色的稻穗，隨風起伏，搖擺不定，如波浪飄蕩，此刻，滿意極了！金光燦爛，綠色的希望充滿我心，生生不息，髣如一首永遠譜不完的樂章，寫不盡的詩篇。

一泓湖水，清澈、廣闊的湖面，像一面不染雜塵的明鏡，它倒映著清藍的天、雪白的雲、巍峨的山、長青的樹，靜坐尋思，或者踱步徘徊，都可呼吸到寧靜安詳的氣息，如此，待上片刻，可袪除煩惡的情緒，心胸為之舒暢，亮麗的心境，即能重新點燃，希望的火花，對未來尋得再努力。

另，農路旁的池水，淙淙成韻，潺潺溪水，溪清無垢，與夕陽餘暉相映，閃耀一波一波的逐浪，水波輕蕩漾，和諧而神秘。依著水湄，任過往的風恣意翻紋，靜坐池畔，看活潑的魚兒在水中游，自由自在，無拘無束；聽山光水色的音符，賞綠樹青山的雀躍，觀雀鳥在枝頭歡欣莫名的啁弄，甜美的歌聲、和諧的韻律，歌聲婉轉入雲霄，棲鳥宛鳴，襯伴蟬鳴唧唧，喜悅掠過心湖！

抬頭仰望，林木蔽天，偶爾幾朵浮雲由樹隙間飄然而過，浮飄雲絮，短暫的無影無蹤，但凝視空中飄浮著、叫人心慕的朵朵雲絮，無論白潔的雲或絢麗的彩雲，在眼光裡，總充滿美感！高大蒼勁、蓊蔥幽深的樹林，青葉搖擺，尤以木麻黃，猶如在招手，那盈盈的光彩，柔和不刺眼，閃閃爍爍個不停，髣如翡翠似的，不斷向四面八方輻射。

繞果園一周，貪圖口腹，摘幾粒枇杷，去皮後放入口中，好酸！立刻退怯了。側著頭，尋覓其它的果樹，木瓜、芭樂、龍眼、香蕉，還沒熟，真討厭！雙腳不停息地移動，足跡踏遍了果園的各個角落，在尋覓中，樂趣無窮。

我在山中，山在我瞳孔中，思緒在眉間凝聚，忍不住想要揮筆塗抹，這愉悅的情境，純淨的心靈生活，生命亦感多采多姿！

春的生氣、夏的熱情、秋的飄逸、冬的淒涼，於瞪著閃亮的眸子，廣大的綠之園，綠的芬芳溢滿著心房！

深深的咀嚼品嘗，吸吮著這鑲滿翠綠的青蔥，恬靜的雅緻，撩人心懷，扣人心緒！

童年時期，就遨遊在青山綠水的曠野中長大，溫馨的鄉土生活，融入了我日後對山水的偏愛與強烈的親切感！

踽踽獨行於田野，掇拾一些風景，嗅聞一些芬芳，啜飲一杯綠汁，心靈不枯竭，視野亦不會單調呆板！

冬的聯想

冬的翩臨，嘗試著冬的風味，凜冽的寒風，格外令人瑟縮。冷峻的大地，一片陰沉沉，草枯樹萎、淒涼蕭索。隆冬寒節裡，風呼呼吹、葉紛紛落，瑟瑟，使人有著冷徹骨髓之感，當冬陽拋下一絲暖意，它灑著金黃的陽光，雖然又薄、又弱，有它出現的時刻，卻是暖意上心頭。

午后的陽光，濃濃的暖意，溫渥著我心，寧逸的心湖，竟無由地綴起了點點的愁緒，一路上，周遭的景物顯得陌生又不自在，斷斷續續的，心情起伏而紛擾，抵達目的地，這位思考成熟、人生經歷豐富的文友，迎面而來的是一張笑靨著的臉，他的和氣，暖絲流入心底，眼光尋視著他，他的親切，心中不由得歡呼，而言談間，他的話頗多鼓勵，並教導了寫作技巧，思起人與人間，繫於一份衷情和一顆真心，原本身子顫抖著，有許多的話，面對著高人，不知是否該講？而將之沉澱於心底，他似知己般關懷的指出我文章的優缺點，我聳聳肩，回以微笑，心也定了下來，緊張的心情已不再。

踏上歸途，踩著斜坡路，衷心快樂無比，明媚的陽光、修長的身影，一晃一晃！緊跟著身影，吹著微風，車子一輛輛的駛過，管它塵土飛揚，重拾方寸的溫馨，勉勵的話深烙心田！

❖ ❖ ❖

多情的陽光，照射在滿樹晶瑩的水珠上，跳躍在滿是晶瑩露珠的草叢間，無人的路上，四下冷清，氣候又在蠢蠢欲動了，幾天的和煦，又恢復冷風吹瑟，在曠野的大自然，冷冷！趕著腳程，回到了家，柔和許多。

幾天的「女兵」訓練，因為感冒，又瘦了一圈，儘管軍中的便當，色香味俱全，卻嘆息不已，與之無緣也！尚稱甜美的聲調頓啞了起來，疲憊的心情沉重的擾亂了我的心靈，別的流行趕不上，卻搭上了感冒的列車，怕傳染給別人，儘量不說話，唯有將嘴巴的拉鍊拉起來，才不會讓人無辜受害！

受訓期間，比其他女兵來得幸運，每日，吉普車接送，少了奔波之苦，層層的呵護，對護花使者，感恩在心！當知曉他的用心良苦，又無法接受他的心意時，勸他，天涯何處無芳草？受訓營，萬頭鑽動的女兵專心挑，總能選到好對象！

不佔用他的時間，不留戀他人欽羨的眼光，寧可每天趕腳程，忍受刺骨寒風，傷了他的心，只有抱歉！

冬，象徵一年又近，吃了冬至圓，人又添了一歲，年的歡樂已向我們招手，新的一年，將帶來新的希望與新的氣象。

此際，正是賀卡紛飛的時節，檢討過去、策勵未來，回首往昔，曾經是那麼企盼長大，而真正年歲稍長，童年的愜意離我好遠時，不禁噓唏感嘆一番了！

日曆深厚，擬訂了計畫，企盼隨著日曆的撕去，而一件件地完成，在尾聲中，稍追憶過往，發覺浪擲許多，於是，耿耿於懷，無法釋然！

新一年來臨，該記憶的，保存；不該記憶的，遺忘！

稜稜寒冬懍慄，抱持堅毅沉著之心境，努力奮起，冬是必須要過的，冬的後面，是一個充滿歡躍奔騰的季節，如果不能克服這寒冷凌霜的冬季，又將如何去迎接那明媚的春天呢？且學那凌寒傲骨的梅之不凋不零！

拂去心野寒霜，振作點，熬過這一季，將更成熟與穩健！

生活三題

珍惜現在

過去的日子，永遠過去了；沒有來的日子，也許不會走向你。因此，你在運用現在這一刻的時候，既不要後悔已過去的時光，也不要去依賴未到來的時光。古人云：「一寸光陰一寸金，寸金難買寸光陰」，一生當中，有多少個現在？過去的光陰已銷聲匿跡，屬於未來的，殊不知世界將帶來的是福？是禍？難料的未來日子，沒人知道會發生什麼事？只有現在最為珍貴，唯有珍惜現在、把握現在，才是上上之策。

把握未來

未來的日子，即將呈現在眼前，「過去種種譬如昨日死，以後種種譬如今日生」，過去的不如意，不必空餘恨，不需夢想追回，因那逝去的時光不復在。

過去可懷念，但前景須開拓，把握光明的未來，為眼前，做更大的努力，時代考驗我們，我們創造時代，以一顆充滿希望的心，迎接未來，並且把握！

快樂的日子

快樂是由日常生活中，慢慢堆積而成的，有的人萬貫家財，對於貧困之人，卻不肯樂善好施，縱然享受著富貴，日子也過得枯燥乏味；有的人生活小康，卻能發揮人飢己飢、人溺己溺的精神，隨時幫助需要幫助的人，日子雖然苦一點兒，其亦樂融融。此乃「知足者貧賤亦樂，不知足者富貴亦憂」之道理。

生活手記

一、

三姑六婆最愛比了，拜拜的時候比菜色，結婚的時候比嫁妝，生小孩的時候比性別，長大之後比成就，就連「入土為安」，亦不放過，也要比壽命，比這輩子活多久，存多少錢？蓋多少房子？擁有多少女人？出殯的時候，比排場，威武雄壯的隊伍繞過大街小巷，敲鑼打鼓讓死者舟車勞頓，人都走了，還在比！

要說他們迂腐，好像我們很沒禮貌，但事實證明，的確迂腐。斤斤計較的人生，死後亦是黃土一堆，錢，夠用就好，人，健康平安最重要。比，永遠也比不完！

二、

有人說，人的命運，在呱呱墜地的那一刻，就已註定，有人黃帝命，亦有人乞丐身，因此，有些運勢不好的人，就將他們歸咎於命運，實際上，這是消極的態度，先天不足，後天又失調，運途當然不好！

小時後的一位鄰居，他的母親算出他是「皇帝命」，溺愛有加，當兒子的整天遊手好閒，等待龍袍加身，在娶了老婆、生了小孩後，仍不思長進，連連白日夢！

虛晃人生，當錢財耗盡時，鬱鬱寡歡，最後，服農藥自殺，當他口吐白沫時，他的母親，白髮人送黑髮人，不敢相信，有皇帝命的兒子，就這樣了卻一生！

三、

某個夜晚，參加了二女兒學校的一場「親職教育座談」，那位叫好又叫座的教授，說了一段至今仍迴繞在耳際的話語，她語重心長地說：「第一名的孩子通常較不孝順，倒是最後一名，那位不會唸書、又顧人怨的小孩，長大之後，最願留在家裡盡孝道，陪伴父母晚年。」我和二女兒的導師，相視一笑，如果第一名的小孩不孝順，寧可二女兒唸第二名就好！

不過，環顧周遭，教授說的話，還真貼切，許多很會讀書的孩子，長大之後，到異鄉求學，喝了洋墨水，就忘了家鄉的父母，亦忘了來自何處？願意留在故鄉，守著父母、守著家園的，就是那個顧人怨的小孩！

孩子們，你（妳）們將來，不會這樣對你（妳）們的父母吧？

讓我們一起努力地，推翻教授的理論！

四、

學校是傳道、授業、解惑的地方，如果學校與家庭，溝通不良，勢必影響孩子的成長！鄰近的一所小學，畢業班，已換了三個老師，孩子們不接受嚴格的老師，集體翹課，當上課時間，三五成群的孩子在村莊打轉時，不禁搖頭嘆息，這不是好現象呀！

小小年紀，就有這樣的求學態度，不禁愕然！該如何挽救這群孩子？相信學校與家庭，都扮演著重要的角色。

五、

學校蓋新校舍了，大家鼓掌叫好，但美中不足的是，事先未做好詳盡的規劃。開學了，學生沒有教室上課，二女兒他們那一班，被安排到「祠堂讀書」，洗手要提水，如廁向人借，諸多不便，潮濕晦暗的地方，增加了近視眼，空氣品質差，學生一個個，咳、咳、咳！

每日清早，見那鳥與燕的糞便，順著屋簷掉落地上，讓人遮掩摀鼻，二女兒因此，引發急性氣喘，以輸液療法，挽回了她的健康！

再回頭，瞧那和小學毗鄰而居的兩班幼稚園，在危險地帶求學，令人膽顫心驚！

開學第一天，大手牽小手，一進校門，滿目瘡痍，已施工一段時間的校舍，未做好防護措施，沒有防護網，亦沒有拉黃線，地上碎石、鐵釘，不忍卒睹，反映後，才拉上「施工危險」的黃布條。

記憶顯示，大女兒就讀時，某次，辦公廳整修，沒有警告標示，放學後，她走了過去，天外飛來橫禍，忽地，頭頂上的鋼筋一躍而下，砸到她的臉部，瘀青的眼眶和臉龐，難受了一段時間，我們除了自認倒楣，為她煮了豬腳麵線，只期望，不要再有其他孩子受傷！

六、

兒童節，獲邀觀禮！

師長頒完獎、致完詞，臨時決定「拔河比賽」！點子不錯，但安全堪慮！

放眼四周，有人穿裙子、有人穿皮鞋、有人穿馬靴，這「河」，要怎樣拔呀？

此起彼落的加油聲、聲嘶力竭的吶喊聲，一次又一次，一回又一回，小朋友賣力演出，讓人感動，但觀其身上不輕便的穿著，捏一把冷汗！

賽前，看到一個溫馨的畫面，有位女老師，把孩子們帶到另一角，做了幾分鐘的熱身運動，為了避免運動傷害，這是上上之策呀，不禁要為這位細心的女老師，豎起大拇指稱：「讚」！

七、

我在山外街上，遇到了小我一歲的她，她是我的忠實讀者，至今小姑獨處，以她的條件，應該有很好的歸宿！

十年前，島上的軍隊，每逢假日，擠爆了山外街道，經商的她，長得亭亭玉立，生意超好，亦有許多追求者！

年紀太大，她嫌太老，擇偶，她選擇年輕的，東挑西選，挑中了一位三十幾歲的少校組長！到外島服役，擇個金門姑娘為伴侶，等輪調或退伍時，攜手回台灣，共度一生，才子佳人傳美談！她倆的戀情很順，除了固定的情人電話，便是放假天的約會，羨煞多少人！

然而，隨著輪調返台，倆人的感情變質了！

返台後，他交往了一個可以少奮鬥二十年的女孩，情感受挫的她，心神受折磨，身陷在痛苦的深淵中，不復以往，很不快樂！

印象中，多年前的某天，她輕叩我家大門，要求我和她去見一位比丘尼，那位出家人，和她一樣，都是我的忠實讀者，一位寫作者，能獲讀者的青睞，是何等榮幸啊！二話不說，立刻答應，在請她吃了一頓家常菜後，馬上啟程！

抵達那座香火鼎盛的廟宇，見了比丘尼，她雙手合十，一句「阿彌陀佛」來，我亦一句「阿彌陀佛」去，摸不著她為何非見不可時？心裡暗忖，是否要勸我出家呢？我吃葷不吃素耶！

當她告訴我，我的每篇作品她都看，很想見我一面，原因單純，鬆了一口氣，她不是當說客，叫我出家為尼，真是想太多。

出家人應該六根清淨，情愛小說裡的章節，她也看嗎？我很疑惑的一一請教！

「我雖然出家，也是平凡人，亦有七情六慾……」

本想問她，如何解決生理需求？遽聞壓抑久了，易憂鬱，但居於隱私與尊重，不敢多問，這個問號，盤旋腦海很久了，如果當時有勇氣問，以女尼豁朗的個性，定會毫無保留的回覆，女人話題，將會更生動！

話題扯遠了，當我在山外街道，再次見到她時，想上前寒暄，但她，似乎發現到我，頭低低的，看地板，我頓了一下，繞道而行，只期望她，能走出陰霾，好男人，到處都是，不要一次創傷，就讓自己痛苦！

振作吧，我親愛的讀者！

八、

她快五十歲了，是第一屆縣政諮詢代表（亦即今日的縣議員），未婚的她，走過了無數的坎坷歲月，環境的變遷，使她成長，更學會了獨立，也有著豁達的個性！

健談的她，相遇無數次，都會停下腳步話家常，與她熟識，起緣於救國團的「國建參觀隊」！

當年的國家建設參觀隊，是我第一次赴台，從未遠離親人，想家想得慌，電話不普遍，每天一封家書報平安，根本無心參觀！

率性的她，擔任隊長，喜歡中性打扮，連聲音，都像極了男孩！

返金後，她當選縣政諮詢代表，很努力的問政，亦很努力地為另一位男諮詢把馬子，她常陪他到家裡，猶記當年，眼高於頂的我，曾跟她開玩笑，「我還年輕，要為我做媒之前，先把妳自己嫁出去吧，別那一天，成了老處女，那就叫天天不應，叫地地不靈了！」

如果她還記得當年我說過的話，一定恨死我這張烏鴉嘴！

女隊長努力做媒，三位男隊長也熱烈追求，他們各有不錯的家庭背景與職業，尤以其中一位軍校生，他的日思夜盼，終而唸不下書，退學了，我這紅顏禍水，如果當時不出現在那個參觀隊，他就不會認識我，軍校，不是每個人都考得上，以他的條件，在軍中發展，現在應該是個不錯的領導人才，但情感之事，無法勉強，只能說有緣無份了！

關心她的終身大事，問她何以老大不小了，還不結婚？

「我喜歡人家，人家不喜歡我，人家喜歡我，我又不喜歡人家！」她如繞口令般，說出了心聲。

諸多因素，使她不婚，她不遺憾，因為她已「兒女成群」，服務於大同之家的她，把每個孩子都當成自己的心肝寶貝，她最感安慰的是，那些孩子，當他們長大，離開育幼組後，還時常回來看她，喊她一聲「媽咪」，讓她窩心不已！

樂觀開朗的她，最近來訪，滔滔不絕地談著她的理念，其中一句，發人深省：「當好人說我們不好時，我們要檢討；當壞人說我們好時，我們就是跟他同流合污！」

您覺得呢？

九、

「女人話題」，男人也愛看，當「女人話題」刊登，一位陳姓讀者兼文友，他告訴我，多寫一些吧，很好看，而另一位黃教官，稍來了口信：「嗯，觀念新！」

發現自己的臉皮越來越厚了，大概是臉上多塗了一層粉，像補土般，補了臉上的瑕疵！明明是傳統女性，卻思考新穎，許多以前不敢寫的，重新出發後，稍做改變，難怪有讀者誤以為我是「新女性」，這該澄清的，我仍舊是我，觀念新，但作風保守。

平日的我，薄施脂粉，讓自己看起來有點精神，而套裝、淑女鞋是我的最愛，數十年如一日，就連髮型，幾十年來，亦沒變過，唯一不一樣的，是鬢邊多了幾條白髮，歲月，真的催人老！

許多女性，在丈夫外出上班、孩子上學後，會三五成群地打牌消遣，玩玩股票，甚者，學那男人，抽根小煙、沾點小酒，偏偏這些，我都不會，就有人說我：「無意義的無聊人生！」

尚未唸書的小兒子曄曄，還可以陪我一年，不致於太無聊，每天，我和他膩在一起，看著圖書、玩著遊戲，不亦樂乎，在他睡覺的時候，我還可以寫點東西，日子也算充實。

曾是金防部政五組，官拜中校的文友陳兄，目前集數種頭銜於一身，交遊廣闊的他，閱人無數，他問我，孩子大了，還繼續待在家裡嗎？

「我就這樣過一生了！」我接著說：「先生上班，三餐在家中解決；孩子讀書，放學的時段不一樣，我要守著家，等他們回來，有簽不完的名，也要伴讀，我要他們一進門，就有熱騰騰的飯菜，這是為人妻、為人母應盡的責任，至於他們大了，我也老了，還能去哪裡？」

「妳能跟他們一輩子嗎？」他繼續問。

「當然不能，不過，活多久，我就照顧他們多久，直到閉眼睛的那一刻。」把自己奉獻給這個家，無怨無悔，但我最在乎的，是孩子們的健康與課業。

十、

今夜，靈感又來敲門了！躡手躡腳，擔怕吵醒了家人，摸黑到書房做功課，磨菇了一整晚，天快亮時，才又躲回暖暖的被窩。

才剛入眠，鬧鐘響，起床做早點，好幾口等著我下廚煮湯圓呢！

方坐起，頭昏昏的，腰部以下麻得厲害，幾乎沒了知覺，這下慌了，怎麼辦？

腦海閃過一個不好的預兆，中風了嗎？我是個愛美的女人，可不要死得難看！

拼命地按摩雙腳，亦用力地來回走動，感覺腳底空空，重心不穩，搏鬥許久，仍然沒知覺！

兩個鐘頭後，腳有疼痛感，三個鐘頭後，沒什麼好轉，心急地撥了一通電話，給我的家庭醫師，詳述病情，並問他：「我是不是中風了？」

「這不是中風，這叫坐骨神經痛。」我沉重的問，他輕鬆的回。

「那我怎麼辦？」迫切地問他。

「以後不要坐太久，蹲的時候，也要小心，要慢慢蹲，不要再有第二次了，否則以後走路會痛！」他詳細解說。

「我要吃藥嗎？」發揮了中國人愛吃藥的本性。

「不用吃啦，兩三天就會好啦！」他肯定。

「真的不用吃？」我很懷疑，以前看醫生，沒有一次不吃藥的，一大包的藥，像上市場買菜一樣，遇到熟人，趕緊閃。

「妳的情形，真的不用，它自己會好。」他堅定地回答。

「你保證會好？」哽咽的聲音裡，夾雜著一些不放心。

「對對！」他的語氣還是肯定的。

暫且相信他，三天後，如果沒有好，再砸他的招牌。

躊躇許久，我又鼓起勇氣詢問：「我最近吃了一種會變漂亮的東西……」本來不說的，擔心腰部以下發麻和它有關，厚著臉皮，將成份複述一遍。

「那是健康食品，吃那個不會變漂亮啦，那個跟麻也沒有關係，妳是坐太久了，姿勢很重要。」

「吃那個，真的不會變美麗嗎？」都發問了，索性問個清楚。

「那是鈣片，妳不要買到偽藥！」他提醒。

「我花很多錢，那很貴耶！」心疼呀！

「貴就不要買啦，如果買到偽藥，身體就遭殃呀！」

「啊，買都買了，也不能還啊，吃完這盒，就不再買了。」真是要命啊！心疼那筆錢，竟把那盒藥給吞完了！還真印證他的話，沒效！早知道，就先請示他，花了那麼多冤枉錢。

回頭再看看他的診斷，果然三天，整個人完好如初，不需打針和吃藥，就這樣好了！

最近，老毛病又犯了，常常半夜起床寫東西，家庭醫師的話，言猶在耳：「不能坐太久！」好吧，那就起來走一走、動一動，一分鐘……。

十一、

學前的兒童健康篩檢，發回一張「轉介單」，上頭寫著我家的大兒子健康檢查不合格——腺體腫大，要家長攜帶健保卡、轉介單至醫療院所就診，什麼叫「腺體腫大」？我不懂，連忙帶著他，到醫院找兒子的家庭醫師。

我的家庭醫師，對我們家每個人的健康狀況，瞭若指掌，當我電話詢問時，他就肯定的告訴我，大兒子的健康沒問題。

我還是不放心，硬把兒子帶去讓他檢查一番，沒問題就是沒問題，他在轉介單上寫著：「正常！」隨即簽章。

我這做媽的，醫學常識很不足，將兒子診斷為「腺體腫大」的醫師，您老，可把我嚇壞了！

生活隨筆

之一

婚前、婚後，一樣的鄉間，不一樣的情懷，靜與動，給了不同的感觸！

瞥見西洪，步調柔性，婉轉香醇，那鄉野的情懷，愜意寬敞，寂靜與安詳，孕育著篇篇的樂章。

採擷於鄉野之美，將眼所見、耳所聽，一一地化筆為文，剪貼簿裡，藏著心血的結晶，新詩、散文、小說……，欣喜及慰藉在心頭！

時間陪伴，年齡增長，回首文章，詩情畫意繞心坎；書桌前，椅中坐，拾起紙筆，日日夜夜與之為伍，思潮翻湧，無倦容之曲線！

而今天，拿起紙筆好沈重，腦袋空空，幾經斟酌，原來是放下紙筆太久，靈感盡失，而熱誠地傾聽事務，心亦劇烈地跳動，然則，下筆時，一字亦難，不知如何成文章？

努力的自我調適，於趕走了壓力，又在先生的鼓勵下，躍躍欲試地完成數篇，只是產品相差太多，在讀者詢問下，不免臉紅！

之二

樹蔭底下，微風輕歌，靜坐享清涼。酷熱的氣焰，稍稍透散，觀來往的人群，聽呼嘯耳畔的車聲，到處是生機一片！

伸懶腰，透心涼，微風好舒暢！

一身邋遢的流浪兒，瞪視著自己的腳尖，發楞般地沿路而行，在逼人的熱浪侵襲下，許多的小朋友，由後追趕，朝著他，嘻皮笑臉地扔石頭，首、臉、身，成了攻擊的重點，喊痛聲，是那麼的淒涼，而雙腳，左拐右跑，企圖奪出他們的視線！

世界是需要溫暖的，他在陰深的角落裡，因智能的緣故，傷疤要比別人來得嚴重，日子比別人來得痛苦，這一切，在他小小年紀的腦海裡，亦許一無所知，但是，我們正常的人類，應該排除內心的冷漠，以熱誠，來關懷周遭的人事物，亦許盡的祇是微薄之力，但世界，豈不更融洽！

悄悄地走到他身邊，趕走了那一群嘻皮的小朋友，而他，朝我望了望，將眼神晃得遠遠，又恢復原先的模樣，瞪視自己的腳尖，發楞般地沿路而行。

在可能的範圍之內，讓我們適時伸出救援的手，幫他人，同時亦幫自己。

之三

忙完了家事，喜歡待於寧靜幽雅的臥室中，在先生的書櫃，各類書籍裡，尋覓自己所愛，閱覽之際，充實精神食糧。

婚後迄今，思親之情，尤為地強烈，而每每接觸相簿，情不自禁地淚眼婆娑，燃起了想家的情愫，久久無法平息，而誰，能體會心頭的苦處？我想，出嫁的女兒，最能瞭解！

田莊偶記

愜意情懷

我以歡欣雀躍的心情，一遍又一遍的展讀妳的來信，信中有妳真摯的關懷和祝福，心中有著久旱逢甘霖的欣喜，連串漫無止境的等待，寂寞和無奈，終於，妳髣似觀世音菩薩的化身，適時的灑下了雨露甘泉，慰藉著虛空的心靈。

絲瓜歲月

只要一塊地，一藤架，它便生活得逍遙又自在！

將種籽埋在土裡，漸次萌芽，然後瓜蔓小心翼翼地攀旋藤架而上，之後開花結果。

覆滿了層層疊疊地迎風搖曳，於陽光下，展露笑靨。

當寒風猖獗，絲瓜藤即在冷風瑟縮下，漸次凋萎！

勇者國軍

愛國的軍人，他們秉持著中華一脈相承的民族正氣，不怕狂風暴雨，不畏驚濤駭浪，日夜枕戈待旦，臥薪嘗膽，有著開闊的胸襟，高尚的人格，他們為國為民，為著中國之統一，亦為著民族億萬年之生機，立下決心，犧牲奮鬥。他們發揚黃埔精神，踏著先烈血跡，只要一聲號令，必勇敢果決地制敵機先，我們應體會國軍形象，而不該污衊國軍人格！

髮之戀

剪去了長長的髮絲，雖然亮麗了些，但總覺得好像缺少了什麼，那股如烏雲般的憂鬱，總凝結在心靈深處，心中之沉悶，使自己變得無法洒脫，竟不知留了一年的長髮，已悄悄地竊據了心田，無形中所建立比酒還香醇的情感，在美容師拿起剪刀的一剎那，全部破碎了！再次渴望見長髮的念頭，蠢蠢欲動，於是，又走入美容院，燙了一頭與原先類似的秀髮，一筆美好的情誼又綴滿了整個心田，想著，快樂與否常可在小事情上發現的。

回首歲月感觸多

熙來攘往之人群，盡是些兒體弱多病、肢體傷殘者，憂容滿面形於色，痛苦哀愁藏心坎，見之難過，聞之鼻酸！

一月時間，感觸良多，由裡而外，交雜難受！

這樣一顆多愁善感的心，每日見那往來之過客，在匆匆擦身而過後，總不忘探頭，再次尋覓，那人群中，多少的堪憐，他（她）們的傷悲、哀怨，他（她）們的痛苦、悲愁，深深的體會，如同身受！

懸壺濟世的醫護人員，均懷一顆悲天憫人之愛心，病人在他們的細心呵護下，多少生死邊緣的掙扎，伸援手，將之拉回頭，一家樂悠悠，從此逍遙遊，病魔不碰頭！

深刻印象第一線，常有病患來憂煩，有理無理他第一，說來談去沒道理！

是非黑白若是分得清，替自己利益想時，亦為別人思考，自能退一步天寬地闊，更不會惹來煩憂，自能一片祥和。

息筆數年，常思遺憾！

今日寫來，壓力頗重！

婚後，以家庭為重，遠離了少女時代，以文為伍的日子，專心的做家庭主婦。曦光起，梳洗後，便是柴米油鹽醬醋茶，尊公婆、侍丈夫，完全投入了另一個新的環境中，選擇了歸宿，甘之如飴地拋開那有山有水的愜意時光！

女兒的出世，感覺上，更像一個家，雖然累了一點，但亦是人生必經過程，夫妻倆，樂於擁抱，迎接這小生命的誕生。

當大腹便便時，就有長輩及友好忠告：「小孩不能寵，餵完了奶，就讓她回嬰兒車睡覺，否則聞了母親的體味，就沒得閒了！」

我將之奉為金科玉律，娃兒出世後，循規蹈矩般地，不敢有所馬虎，約半年時間，真的好輕鬆，或許薑是老的辣，多聽經驗豐富的人說話，知識必亦增長一成，這乃無形中的收穫。

過了一段時間，女兒有學走路的跡象，她爹買了學步車，車上面還有一些五顏六色的玩具與圖樣，女兒看似非常滿意般地，手不停的撥弄，腳不停的滑動，一段時間之後，棄了學步車，在跌跌撞撞之下，開始踏出了成功的第一步，我們好開心，一家人手舞足蹈了起來，真是高興極了！

孩子成長的過程中，為人父母者，總是要投注大筆的心血，不眠與不休，豈是一個「累」字所能形容，但這一切，因為「愛」，而無怨無悔！

女兒已將兩歲，她活潑可愛的樣兒，好惹人憐愛。常常在幻想，她長大時候的樣子，該是多麼地亭亭玉立，而那時候，渴盼她留著長長的秀髮，打扮著一身素淨的衣裳，一如文中，我常描述那不食人間煙火的女孩。但她爹啊，常說我：「兒孫自有兒孫福，為人父母者，主觀意念不要太強烈，我們只能站在輔導的立場，好好地教導她，不要只為了個人的慾望，而將小孩子，塑造成我們想要的影像，這對小孩是不公平的，亦會喪失孩子應有的權利，甚且，以後便一直在我們的陰影之下過日子！」

靜夜思考，她爹的話語，總有許多的道理，想想，只要一家幸福美滿，孩子健康愉快，將來規矩做人，我這做母親的，似乎沒必要杞人憂天，不是嗎？

孩子已漸懂事，我們亦感到非常地欣慰，這愛情的結晶，在我們的細心呵護下，她的成長茁壯，每一生活細節，點點滴滴，在記錄下，都覺得好溫馨、好暖渥、好踏實！

踏出了家庭，走入了人群，心中對女兒，有著一份深深的愧疚感，兩年的歲月，日以繼夜，我們緊緊的相隨。每每清早，女兒的哭聲，震耳欲聾，那份依依不捨的離情，柔腸寸斷！

下班後，擁抱著她，親吻著她的臉頰，輕撫著她的身軀，親情圍繞，暖馨昇起！

歲月的回首，總有許多的感觸，些年來的變化，由少女，到為人媳、為人妻、為人母，又至今的職業婦女，為了職業與家庭的兼顧，每日往返的奔波，雖然累了點，卻是甘之如飴！

回首歲月感觸多，思前想後，終而化筆為文，記錄片段，這乃為文者，一種暢快的流訴，不是嗎？

年歲四帖

春

大地萬物甦醒，一夜之間萬紫千紅，一瞬之間田園翠綠！

春，鋪上了一層綠絨絨的地毯，點點的綠，聚集起春意。陽光閃閃，金碧輝煌；綿綿春雨輕柔，接觸時晶瑩潤澤。

跳躍的季節是活力的象徵，她放射出萬物爭輝的光芒，伴著春耕的喜悅，亦敲醒了沉酣已久的心靈。

春告訴我們，用年輕的幹勁去衝刺，抓住時光，不要荏苒溜走。

夏

夏，艷陽高照！在濃密的樹蔭下，逃開了酷暑的炎熱，倚在樹的綠蔭中，尋覓樹下蘊含的世界，炎炎的驕陽早已不存。

鑲著如茵的草地，冰涼的露水，露珠顆粒晶瑩，剔透衣襟，視覺喜悅。

一縷縷的炊煙繚繞，白雲亦佇足凝望，頃刻間，輕盈飄逸！

黃昏，藍天映現著彩霞，將大地裝扮得更綺麗迷人！

秋

秋葉換上了一襲泛黃的秋裝，風的撥弄，黃葉紛落，殘花飄零！

一片青翠添了些許黃葉和楓樹的紅葉，又是另一種情趣，而秋天引人注目的乃是那一層層的楓葉，為秋抹上了瑰麗的色彩。些許落葉隨水逐流，水面上不時有被秋風吹起的微波。

秋，另一種蕭條，憂怨的影色，最易令人思起以往悲痛的回憶！

冬

樹木的葉子都脫落了，剩下樹幹在寒風中抖顫了！

冷冷的氣流，一陣緊接一陣，見著滿地悽悽慘景，看不到一絲青翠，心中不捨！

清晨的初起，晨露未散，似一層面紗，遮蓋了原野的神祕！

竹及其它

竹

竹，屹立拔卓，傲視秋霜，不畏冬雪，它，自然翠綠，不凋不零。蒼翠的筆直，直聳雲宵。路上，當勁風拂過身邊，行人微縮著身子，豎領急走，途經又多又密的綠林，雖竹葉輕顫，底下卻是一片溫和，暖透人心，而熱季，守著綠，渾身上下沁涼，可也是避暑之處。

霧

霧，大地茫茫，群山朦朦，矗立在朦朧的視界之中，青山翠碧，面目難見，它緩緩飄落於身，衣服漸漸潮濕，髮上亦沾滿了無數的晶珠，頭髮白叟叟的，像染過一樣，受著霧氣，室內室外均潮濕，倍感難受！

雨

雨，下吧！大地需要妳的潤澤，一絲一線的小雨點也行；乾旱，雨水缺乏，何不來個雨勢滂湃，水勢浩大，湖泊有了積水，大地就不再蕭條了，人們亦不必為飲水而愁眉！

淚

妳的背後，是否有著難以釋懷的故事，是現實生活的爭執與冷漠，抑是因沖離的裂痕，有著難以癒合的傷口，而有汨汨的淚水，願淚滴如珠下，洗清了妳一絲一毫的失意，將心靈和情緒洗得清新爽朗。

愁

愁，根植在別離後的心中，凝聚不散，冷風穿窗，迴繞室中，燈朦朦朧朧的，悵然與傷感，無法制止般地渲洩，獨處，孤獨益增思念的情懷！

風

風，撫觸人們的身邊，吹得令人神馳，教人沈醉痴迷，它百般地召喚你，撩著你的頭髮、你的雙頰、你的眼臉，它要輕啟你嘴角的笑意，然後，吹走你的煩惱，帶走你的憂愁，它的溫柔，溫風醉人，叫人沈酣入夢！

西洪拾穗

我愛西洪，有形與無形的。

❖ ❖ ❖

西洪的一場適時陣雨，把夏天的暑氣沖散了！

打開窗戶，放眼望去，一絲絲的小雨被微寒的風挾帶著，不斷的由窗前掠過，而花草樹木正堅忍地在風雨中挺立，一點也不畏懼風雨的摧殘。

微風細雨的日子，擁有一份思騁的自如，佇立窗前，風，擁吻著我，吻著頰、吻著唇，吻出串串往事晶瑩的回憶。於悲喜之間，臉頰分不出是淚？是雨？當雨停了，已披了一身微溼，雨潤，令田園欣喜盎然，亦洗去了我憂愁的心思，看著雨後大地的清新翠綠，那翠葉上，有著生命璀璨的欣然，心情不再像先前那樣地感傷了！

雨後的晴和，帶給人前奔時的無窮希望，靜靜地站立於山林蒼鬱處，聽到了草木抽長的聲音和枝頭小鳥的清吟及碧澄澄的溪水，由山叢中奔瀉而來，想著有聚有散的日子，我們都是年輕的一群，應試著以寧靜平和的心情，用希望、勇氣和智慧，來面對一切的拂逆。

❖ ❖ ❖

夏熱的燥氣有一股懾人的鬱悶凝滯，夜晚想進入甜甜的夢鄉織美夢，無奈汗水淋漓而了無睡意，蚊子更湊熱鬧地飛來飛去，氣得火冒三丈，點了蚊香，蚊子不死，人都快窒息死了，睡不著，躡手躡腳地到庭院乘涼，明月高懸天際，靜靜的夜裡，蟬聲、蛙鳴聲，陣陣爭鳴，田間的稻穗在月光的點綴下，如波浪翻騰，勾勒出田莊跳躍的音符！

❖ ❖ ❖

太武山下的碉堡，那英勇的戰士，以寬廣的胸膛、健壯的肌肉、剛強的毅力，手持著槍，目光炯炯地，眼看四方，耳聽八方，晴天或雨天，依然堅守崗位，不畏懼、不退縮，憑著赤誠的心，鐵般堅強的信念及那雄偉的體力，豐富的經驗，為國站崗、為民站崗。

❖ ❖ ❖

黃昏，大人、小孩分別騎著單車，在西洪的小道，遨遊四方去了，小山路整得人車抖動，他們在爬坡地段，奮力的掙扎，終於戰勝了崎嶇的山路，興高采烈地在平坦的水泥路上，輕快地踩著踏板，哼著不知名的歌兒，像是打了勝仗似地欣喜！

西洪景緻猶盛宴

西洪交通不便利，風光卻秀麗！

目睹霞光，款款上升的丰姿，時而含蘊溫煦，時而尖銳露鋒芒！

光影徘徊，周遭景緻在頃刻間，變化萬端，儘管筆墨難以形容，目不轉睛地細賞，經眼入心，方能知曉究竟如何美麗！

攤開紙筆，雜念沉澱，筆尖所流露出的真情，乃是和諧綠野的層層圍繞下，它的殷殷照拂，無盡關懷，所賜予的靈思！

待在西洪十五年，狹隘的胸襟，接觸它，收穫豐滿而盈實！

遠離塵囂，風光秀麗，放眼而望，綠野片片。

群山交疊，相互依偎，路鮮人跡，時而淒涼。

頭頂藍天，足踩碧草，心清氣靜，塵慮遠拋！

細雨飄撫，淡淡濛濛，輕輕揮灑，眸簾茫茫！

稻穗搖曳，款擺多姿，微風拂面，涼爽舒暢！
寧靜悠閒，耳畔呢喃，靈光閃亮，筆觸延伸。
單車輕騎，駛往何處？歸向西洪，純情傾慕！
風和日麗，精神煥發，步履輕盈，賞花觀樹！
春去秋來，寒盡暑來，四季景色，輪流更替。
情有獨鍾，喜愛西洪，歲月推移，帶點詩意！
整潔恬靜，花香撲鼻的西洪，相互地擁有了彼此，我的心，溢滿著快活！
年輕日子，甜蜜地膩著西洪，眼兒接觸寫情寫景，我的心，漲滿喜悅！
西洪美事呈眼前！
西洪景緻猶盛宴！

西洪暮景

黃昏，是美亦是詩意的地方！

落日，像一個疲倦的旅行者，走完了一段漫長的旅程，正有氣無力地依偎在西天邊陲，那落日的餘暉，灑下遍地金粉，閃爍著幸福的光輝。

夕陽已緩緩步入西山，晚霞也依戀地灑下最後一道霞光，淡淡的霞光從天際間飄過，映照了小橋、流水、人家，成了一幅美麗的構圖。

餘暉，拂得一地澄黃，周遭瀰漫著寧靜與安詳，沐浴在和煦的夕陽裡，看晚霞的豔麗，雲朵的變幻；那金黃色的草原有徐徐和風地吹拂，田野、泥土、花香、蛙鳴，這美的景緻，留下了一段不可磨滅的懷念，再聞山語、鳥歌、蟬嘶，滿心悸動！

黃昏，搬著凳子在屋後乘涼，天空是一片霞紅，四周是一片靜謐，那麼地祥和，沈醉於暈紅的夕陽夕照裡，這綺麗柔和的一幕，輕輕地愛撫著大地，人兒亦覺嬌美無比。

迎著晚風，農人踩著輕快的步伐朝向矗立在田園深處的莊園歸去，炊煙更是裊裊升起，那位運動選手習慣性地展現他優美的身姿，在殘陽夕照下慢跑，今日的鍛鍊，或許明日的他將是體壇一顆閃耀的巨星。可愛的孩童們，打著赤腳，三五成羣地順著迂迴的小徑，漫遊在阡陌縱橫的田塍，嬉戲中，將山村和郊野添加了無數的熱鬧氣氛，天色漸暗，夜幕將垂，村婦們催促孩童回家的聲音由遠而近，孩童們你看我，我看你，拔腿就跑，拚力地奔回慈母的懷抱，汗味、泥濘味隨著他們的奔馳在空中散溢，這西洪黃昏的短暫情趣，表現出深刻的動人情感。

佇足睹賞花崗岩

國軍八二〇醫院，是由花崗岩堆砌而成，位於金門島夏興，此地，深水幽谷，秀麗豐柔！夏興的晨曦朦朦，輕煙飄昇向天空。遠望，海面遼闊無涯，漁帆點點，那無際的海景，有時靜默如鏡，悠閒自在，快樂逍遙；有時怒濤洶湧，翻騰滾滾的巨浪，撞擊岩石，捲起滿天水花，倍感怵目驚心！

一縷晨曦，一片朝陽，一滴露水，都洋溢著跳躍的活力，那花香、鳥語、和風，使盎然的愉悅，盈滿胸懷。而朝氣迎面吹拂，神清氣爽，清幽的清晨，有著一股濃郁的鄉村韻味，那旖旎的田園風光，散發出無形的魅力，青蔥淡雅般地吐露著芳香。而親吻泥土的芬芳，聆聽萬物的滋長，體會大地的生生不息，擷取它深藏的奧妙，心靈得以充實，亦孕育了我寫作的靈感，在筆耕歲月裡，任何時候，任何處境，自然而然地表達出來，將易感的心，用描寫的筆，道出心中之感受，讓美麗的辭藻，躍然於紙間，篇篇文章，篇篇馨香！

三角公園處，田疇良畝，視野遼闊，園圃青青，鄉貌呈臨！這兒，披著五彩繽紛的衣裳，紅花綠葉，朵朵美姿，縷縷盎然，眩目動心映光影，睹風姿，徘徊纏繞精神爽！

一路往上走去，長長的道路，陡坡處處。路兩側，草木彼此競長，百花互相爭豔。木麻黃的挺拔，高聳入雲霄，蒼鬱深邈，不因歲月的侵襲而腐蝕，它永遠矗立在藍天白雲間，久歷風霜，飽嘗世故，不寂寞、不孤單，縱然受盡千萬次風吹雨淋，依然堅忍不拔，無論世事詭譎多變，它永遠堅守崗位，屹立不搖，堅毅而沉靜。

多少的行人，拖著疲憊的步履，汗流浹背地，一步一步地往上走去。沿路而行，芳草萋萋、鬱鬱叢林，青草味入鼻，廣疇的綠坡，嗅到清新的氣息，浸滌滋潤，柔細呵護，沁出和諧情懷。

而一片略有斜坡的空曠地，四周茁長一片嫩綠，常見老農，頭戴斗笠，手持竹棍，成群的牛兒，在他的鞭策下，低首啃食青草，這自然賦予的最佳菜餚，而時光飛逝，季節更換，芳草顯見枯萎，青蔥綠意的不復存在，深刻地體驗出生命的點滴！

往內走去，刻在岩上的醒目字眼——「花崗石醫院」，呈現眼前，那翠綠的山巒，蒼鬱挺拔，廣闊的胸膛，峰間相連。蜿蜒漫漫山影，靜謐而悠悠，佇立山崖，勾眼簾，風暖水柔，花朵漸繁！凝眸處，委婉嬝嬝的花兒，溫馨嬌柔，飄逸著淡淡幽香，沁滿著整個心房，於微風的飄盪裡，香氣盎然，周圍四溢！

草色青青，隨風之韻律，輕移腰肢，生命力之堅實，可見一斑；綠茵芳草，憑添生機！

輕霧舒坦，大地茫茫，於山間盤旋迴繞，飄忽來去，時聚時散，群山頓覺朦朧，面目頓感難見。當群山含羞，蒙上一層面紗，迷濛的青翠山林，亦昇起了一縷縷悠然飄飄。駐足觀賞，它便漸漸地飄落於身，衣服略潮濕，髮間也沾滿了晶珠，白叟叟地，像染過一樣，坑道內外，濕氣幾許，煞是難受！

花崗岩內，平滑雅緻的格調，巧奪天工的設計，那幅景象，神奇雄偉，舉世聞名。而入口處，更在壁上刻著文字，以敘述著它的歷史！

長長的坑道，一塵不染，於美化綠化下，盆景林立增淒美，長廊一如畫廊，多少慰藉心靈之文字或彩畫，懸掛於壁上，擦肩而過時，暴躁的脾氣，頓緩和了下來。筆直的路徑，日以繼夜，在燈光照射下，毫無陰森駭人之感覺！

巧奪天工的設計，是花崗岩的特色之一，整體的壯觀景象，更令人嘆為觀止，這一切，乃歸功於我們的勇者國軍，如果沒有當年，他們的犧牲奉獻，又哪來今日的花崗岩？

今生，令我引以為傲的，是嫁作軍人婦，先生服務於國軍八二〇醫院，多年的軍醫生涯，公務的需求，每日的繁忙，我們聚少離多，雖然如此，婚後多年，在相互體諒與關懷下，滿室溫馨。我們的愛，不因聚少離多而淡薄，反而懷抱珍惜，而顯濃情蜜意。

軍人，秉持著中華民族一脈相承的民族正氣，不怕狂風暴雨、不畏驚濤駭浪，日夜枕戈待旦，臥薪嘗膽，有著開闊的胸襟、高尚的人格，他們為國為民，立下決心，犧牲奮鬥。那英勇的三軍官兵，健壯的肌肉、剛強的毅力，不論晴天或雨天，依然堅守崗位，以穩健靈活的身影，雄姿英發的氣魄，不畏懼、不退縮，憑著赤誠的心，鐵般堅強的信念，以那雄壯的體力，豐富的經驗，為國站崗。他們的步伐，精力充沛，他們的身影，神采飛揚，當烈陽將皮膚曬成古銅色，亦或暴雨狠力地打在身上，水滴潤濕了頭髮，滑過臉、滑過肩，最後濕透了衣裳，他們仍舊無怨無悔，只因，保國衛民，是他們最佳的選擇！

坑道內，去塵、粉刷、打蠟，凝神間，眼前煥然一新；坑道外，清潔、打掃、整理，凝眸處，腳底乾淨舒爽，整個環境的搭配，整齊有致，整體官兵的訓練，迅速確實！

夫婦同在醫院服務的歲月裡，相互惕勵，用愛的滋潤，溫暖自己，溫馨別人。天地間，唯有愛心，才是真正而永恆的美！但做妻子的我，見先生忙碌異常，臉色蒼白，汗流浹背的，不免心疼！而他，常滿懷笑面，要我放心，他會珍重自己，為國家、社會、人群，盡一份心力，仍軍人本色，又懷抱著對家鄉之愛，放棄了升遷的機會，毅然決然地留金數年，他常說：「瓜有藤、樹有根，根是萬年萬物的本源，沒有了根，就好似水中之浮萍，為人，要飲水思源，不能數典忘祖！」一向樸實的他，從不憧憬美麗的彩虹，綺麗的夢幻，他說，寧靜與平凡，比什麼都要來得珍貴！

熙來攘往之人群，些兒體弱多病、肢體傷殘者，憂容滿面形於色，痛苦哀愁藏心坎，見之難過、聞之鼻酸，由裡而外，感觸頗多，交雜難受！

像我這樣一顆多愁善感的心，每日見那往來之過客，絡繹不絕的人群，穿梭在醫院的各個角落，多少堪憐，多少悲愁，深深地體會，他（她）們的憂煩，如同身受！

面對病人，小心翼翼，客客氣氣地，以盪漾出一股優雅親切的和諧態度，當身子向前挪移，腳步飛舞靈動之際，擦肩而過時，相互間，彼此尊重，關懷、諒解，笑容自然而生！

懸壺濟世的醫護人員，均懷一顆悲天憫人之愛心，男性醫護人員，溫文儒雅、視病猶親，以豐富的閱歷，贏得好感，他們的執著、專注，沒有虛偽敷衍的應付。而白衣天使，可謂女中豪傑，不讓鬚眉，剛中帶柔，予人溫和，她們的溫馨、柔情，添加好評。而幕後的無名英雄們，則是日夜守盼為醫院，承受衝擊及考驗的行政軍官們，多少的哀怨與傷痛，為使醫院明天會更好，淚兒往腹吞，以實實在在的踏實作風，向前奔去，埋首苦幹，當碩果出現，心酸已不存，換來的是心頭的一股欣慰。

佇立山崖，居高臨下，風景宜人，眼眺四周，風光無限！泥香的芬芳及湛藍的天空，無濁無污；而岩間小路，來回踱步，腳旁之矮樹，則是四季長青，難見禿枝，蒼勁中冒出一股生命力！

企首遠眺，急診室對面的涼亭，彼此默然相對而視，當陽光烈焰，多少人兒躲入亭內，視它為避暑之地，而樹蔭遮身，微風徐徐，涼意幾許，清爽宜人的氣氛和諧於其中。亭內，或坐、或臥，怡然自得，陶然自醉，談天說地，賞風景，事事順心意！尤以酷熱之際，啜一口又甜又冰的飲料，悠閒地將視線移向亭內、亭外，這樣忽近忽遠地賞滿園萬花如錦地展列，香氣橫溢，亦可觀匆匆流過的人與車，涼意沁浸皮膚，渾身舒暢飄逸！而為了工程之需要，廢水處理場之設立，這座涼亭，頓香消玉殞，再次走過，側首一觀，綠蔭映襯，唯獨涼亭不再，尋覓蹤影，心頭一絲落寞！

多少遊客慕名而來睹英姿，山下佇足，滿臉興奮的紅光，抬頭欣賞花崗岩，相機拍攝，嘴歪眼睛斜，掃射風景，捕捉鏡頭存印象，喧嚷的遊客，嘴角笑盈盈，豎指大讚雄偉壯觀，真摯誠樸的天性，於言行間流露。

國軍八二〇醫院，為嘉惠金門地區之民眾，經上級長官同意後，特增加了民診處，以方便民眾之醫療，成立以來，頗受好評。然而，身體髮膚，受之父母，不敢毀傷，孝之始也，請多愛惜自己，珍惜生命！

花崗岩，巍然站立，昔日煙塵滾滾，今日悸動驚喜，國軍的恩典無限！青山相伴，溫潤心海，那自然的清新寫意，勝過塵俗的紛紛擾擾！為文者，以細膩的心思考，不放過任何一個角落，在擠入眼簾後，筆珠的轉動，傳達著內心，對這花崗岩內、外的靈動！

白雲簇擁著青山疊翠，鳥鳴吟唱著天籟旋律，踽踽徘徊花崗岩，體驗生氣盎然，感受生命絢麗，亦品味著它的宏偉、靜謐與溫馨！有緣碰觸花崗岩，與它共繫住這漫長的歲月，洗脫塵世的喧囂，享受心靈的滋長，汲取生命的奧妙，感人生之真善美！

走在鄉間小路上

之一

走在鄉間小路上，微風徐徐，秀髮輕飄，尤以黃昏時，金黃色的光，灑落一地，照耀著片片森林，亦散佈於綠色草原，而藍色的天、藍色的海，也金光閃爍般地，呈現一片柔和！

用過晚餐後，一家人穿著輕便的衣裳，順著鄉間小道，沿路而行。仰天而觀、望地而賞，細細品味，周遭的事物是美！

在夕陽西斜之時，鄉間孩童最是活躍，常常，「孚濟廟」旁的籃球場，身著運動服、腳穿運動鞋、手捧籃球，賽球技、競高低；更有者，騎著單車，馳騁於曲徑通幽的小徑，無憂無慮的童年時光，最是叫人羡慕！

隨著新籃球場的到來，早晚運動的人兒，紛紛移駕，家附近，熱鬧許多！

之二

田莊，這美的召喚，數年來，時常流連忘返！

喜歡徜徉泛遊於田園間，片片翠綠，叫人欣喜，也使筆耕歲月更流利！

懷抱田園思田莊，它的誘惑，終身難忘，每回思起，腳步便不聽使喚地，往那頭走去，好美的一個地方，那世外桃源，縱然腳踩萬遍亦不倦！

之三

那輛潔白的、高貴典雅的車子，偶爾有機會坐上它，內部潔淨寬敞，舒適極了！

車駛過山外天主教堂，對已過世的羅寶田神父，有了幾絲懷念，雖然篤信佛教，從未涉足教堂，但數面之緣，對羅神父由衷的敬佩，他來金傳教的數十年，對地區貢獻頗多，如今雖已遠離人世，卻亦萬古流芳！

車內閒談，吳處長說：「宗教信仰，無須侷限，只要信仰得當便可。」的確，宗教，乃激人向上與發善，人人秉持善心，扶弱濟貧，對於何種信仰，似乎不那麼重要！

只是，某些習慣的不同，有時需要適應！

這使我聯想到，醫院的一位護理官，她的男友是先生的文書，甜如蜜的倆人，常來家裡吃我做的家常菜，起初，不知她信基督，在備妥飯菜、擺好碗筷，喊開動後，她就是不動，面目虔誠地禱告，吃個飯，等她老半天，因而碰了她：「嗨，吃啦，飯菜涼了！」

信仰不同，某些習慣亦不同，我怪先生沒搞清楚狀況，就把他倆湊成對，看兩位年輕人親暱的樣子，似乎已到某種程度，輪調返台後，宗教的信仰，雙方家長能否認同，還是個未知數！

離開金門後，文書來信，感謝在金門時，我們對他倆的照顧，又興奮的告訴我們，他和女方家長見過面，很快就可以收到喜帖！

先生得意洋洋地告訴我：「何種信仰不重要，妳呀，杞人憂天！」

數年過去了，我們沒有收到喜帖！

一次全家赴台，在參觀總統府的路上，相遇了，文書不再瘦，身上多了一些肉，連談吐也進步許多！

「上尉和夫人，這幾年來，我用盡各種方法找尋你們，就是聯絡不上，我的心一直繫念著你們……。」文書感性的說。

先生回答他，他服務單位沒變，我們住家也沒變。

「這麼有情有義，辛苦你了！」我接著說：「你退伍後，到醫院應徵院長秘書，需要的醫務資料，來函索取，寄去之後，對你不知道有沒有幫助？」

「有啊，資料豐富，助我良多！」他回答得很快，卻沒注意到我快變臉了！

我們家這個長官，總把部屬當自家人在疼，將「外人」當「內人」看，有時候，被賣了，還幫人數鈔票呢！

怡然自得鄉野間

天空深邃得無底的晶藍，挺拔的樹枝，蒼鬱深邈，生命自然地流露，在歲月不斷地侵襲下，它仍屹立不搖。

他在含飴弄孫的年紀裡，依然擁有一股青春的活力，開闊的心胸，存在著永不止息的奮發力！破曉時刻，生命的芬芳，在空中流盪，而青翠嫵媚的山巒，近在眼前。

他扛起鋤頭，在自然純樸的召喚下，山下的一畝田地裡，他不倦地付出心力，在朝陽的照拂下，迎晨光、邁步伐，享清新之氣息，菜畦，在他辛勞的照顧中，那田間的風光，詩意盎然！

在人多工廠少的情形之下，兒孫為求生計，紛紛出外謀職，對田地之耕植，敬而遠之，只因怕了靠天吃飯的日子！

而他，為了根，為了希望，他堅毅而沈靜地，堅守著祖先留給他的那一份微薄的資產。

飽嚐事故，久歷風霜之後，他乃堅守一個農家子弟，日出而作、日落而息的規律，由年輕到年老，過著與田園為伍的生活。

只是近來，年歲大了，他改變了經營的方式，摒棄了高粱、玉米、大小麥，老人家豈能負荷這勞心勞力重擔！

它改而種植蔬菜，亦將時間縮短為每日清晨的一、兩個鐘頭，如此一來，既能享一早之清新空氣，又能藉此運動。

儘管在大台北地區，生活的兒孫們，紛紛要他搬過去住，亦好共享天倫樂，起居方有人照顧，他一一地拒絕，這田地，活到老，耕耘到老，這祖厝，活到老，住到老，雖然他過著一人的生活，但他一點亦不寂寞，他實在不願到大都市中，去看那喧囂的市景，或者，去過著子孫均上班，獨自待於屋內，那種猶如籠中鳥的日子，他不願意的！

返家，順著羊腸小徑，踩著柔嫩的綠草，並有那飄浮如輕煙的朝霧相伴，他的思緒，凝入了自然，而心靈，亦染上了碧綠。

他昂起頭，精神抖擻，怡然自得，陶然自醉地，走在綠意盎然的小野間，草兒青、山林新，每日往返，他的生活充滿著意義。

青山疊翠、鳥鳴吟唱，美麗的風光，顯得自然而嫵媚！

鄉野的璀璨，活潑了整個大地，每當和風送爽，音符飄揚，神意盈盈，寧靜的氣氛，抒情的詩篇，是他久久不肯離開故鄉的原因。

夕陽已西沈，晚風徐徐飄，舒適自在，他抽著煙，泡著茶，無拘無束地徜徉和泛遊，他想，如果搬到台北住，豈有這等閒情？

盡情盡興樂陶然，他的舉止間，流露著笑意！

迎春曲

春，似披著綠紗的仙子，輕飄飄地降臨大地，她嬌媚的笑靨，喚醒著所有冬眠的動物，這充滿生機的季節，散不出誘人的訊息。

春降臨，霧也降臨，濃濃的朝霧，深鎖著大地，感覺朦朧朧地，踩著柔嫩的綠草，順著羊腸小徑走下去，步伐與小草晞索交談，別有一番滋味在心頭。

一野的花朵綴錦，花枝招展地，一簇簇地漫開，迎著春風，賞其姿容、嗅其芬芳，再凝視路邊的奼紫嫣紅，美極了！

旭日初昇，田園上、山野間，那飄浮如輕雲的朝霧，漸漸露出害羞姿態，至陽光普照時，已不知去向。

觀賞春之氣息，正全神凝入時，突然，霏霏細雨如牛毛細針般地沛然下降，鮮紅的花朵及釉綠的嫩葉，都滾著透明的水珠，像珍珠，也像鑽石！

屬於飛揚的春天、新生的希望，沒有世俗的矯情、虛偽的矜持，讓我們的心靈染上碧綠，思緒凝入自然。

雨的聯想

雨絲綿綿

門外飄著無數的綿綿細雨，在這樣冷的下著雨的日子，提起禿筆，把心思中的片片萬語，托寄給這細雨，回顧，像雨絲的深處。

隔著櫃檯，熱切地等待你的來臨，多希望能夠再次相逢，那羞怯微笑的面容，熟悉的輪廓，來了！讓我仔細地端詳，在這樣冷的下著雨的日子；而窗外風強，陣陣刺骨，你的頭髮微溼，你的衣衫有著綿綿雨留下的痕跡，彷彿你在什麼地方等著什麼人？或者，你是老遠的走來？在和風細雨下，我把一切疑問都說給風聽了，可是風不答，多少覺得有些納悶！雨依舊沒停，你依然站在櫃檯外，我的思維與動作逐漸遲鈍，而你卻若無其事地離去，留下孤獨的人目送你的背影，長長的盼望與長長的希冀，已是多餘。唉！回顧茫然，帶著淚潸潸的眼眶，思索再思索，窗外綿雨，恰帶涼意，窗外與滴，恰似我淚！

滂沱大雨

在滂沱的雨後，心靈將更為潔淨！

大雨一直下，雨落了一長串的日子，路旁的樹，山邊的勁草，被洗滌得清晰，滂沱大雨，寒氣襲人，它淅瀝淅瀝的下著，路邊的行人衣褲漸濕，臉上堆砌著一層層的雨點，當超速飛馳的車輛由身旁掠過，則水花四濺，在雨裡行走，雙腳都會踢到一些聲音。仔細端倪車身，滿是泥濘，路上人車稀少，寒冷的雨中，荒涼涼的！

不過，經過滂沱大雨的清洗，心靈更為潔淨！

雨傘

雨季即傘季，下雨的日子，雨傘成了護身必備之物，撐著它，在傘的護衛下，自己即站在天地間最安全地帶，在傘下，可以聽雨、觀雨景，還可以遐思！

記得有一次，女青年工作隊至西洪，上午來臨時風和日麗，保吉親迎，臉上不時流露出欣喜之情，待他們欲返回時，小雨、大雨，接踵而至，雨飄落在她們的臉頰上，好似她們依依難捨的淚水，奇緯的心中亦湧起了一份愁思，總不能讓嬌滴滴的美人兒，淋了一身濕，弘文更心疼地忙著張羅，奮不顧身地快跑前進，借了一把傘，問題就解決了，傘一出現，雙雙對對，引來不少羨慕的眼光。

每次出門，那把現代花木蘭曾使用的傘，緊緊的跟隨在我左右，艷陽高照時，我將它當作洋傘，雨滴侵襲，則將它視為雨傘般的使用。當雨來臨，撐著這把傘，一些回憶的幻影，就顯得特別美麗！

陣雨

東山飄雨西山晴是夏日陣雨的特色，夏的氣候變化無窮，有時晴空萬里，有時卻烏雲密佈，逢農忙時，曝曬農作物，遇突來的陣雨，手忙腳亂，好不容易費力地將農作物收拾妥善，人也累得汗流浹背，大太陽又出現，常被耍得哭笑不得。

但適時陣雨，卻惹人喜愛！

青蔥淡雅吐芬芳

我們相逢，在這兒見了面，山中的夏季，無須小扇輕搖，自有涼風襲來，熾熱的心窩，熠熠閃耀的眼眸，掛在甜美的笑意裡。

風，緊緊相隨，吹襲著衣角，感到涼意！我深深的眼底，有你甜甜的笑靨，侃侃而談的你，璀璨的笑容一如陽光。

白雲簇擁著青山疊翠，鳥鳴吟唱著天籟旋律，踽踽徘徊，在陽光的燦爛下，體驗生趣盎然，在彩霞五彩繽紛時，感受生命的絢麗，在夜幕低垂的當際，品味著靜謐與溫馨。

多人問我，住在這偏僻的鄉野，髣如與世隔絕，沒有點綴的日子，生活過得一點色彩都沒有，長此下去，有否寂寥與孤寂？可曾想到過一下多彩多姿、光彩奪目的生活？

山居的日子，祥和的氣氛，擁有的歲月，豐盈而充實，思緒得到暢意的奔騰。對這裡，滿懷深情，冥冥中神思俱往，不知該如何描繪那一份真實的誠然和那一份由衷的熱愛！

山居情景，鐫刻在腦海，成為不滅的形影，它的平淡無華，使心境經常保持著寧靜。

自然的嫵媚，美麗的風光，柔柔的，溫婉的，清馨的，刻骨銘心的植入我的心版，將心室綴滿著飛揚的彩帶，亦擁著滿心的歡欣！

多少日出和日落，無數日子在靜悄悄中，無聲無息地滑過，我願以輕鬆的心情，與它共繫住這漫長的歲月。它的優點是醇香芬芳，蒼翠溫和，缺點則是僻壤，人煙稀少，交通不便。但是，多欣賞優點，少研究缺點，與它的情誼必更融洽、更醇美了！

孩子的成長只有一次

結婚已邁入第十六個年頭，婚後，育有二女二男，旁人給了我兩百分，但有誰知道，這些年來，為了延續香火的使命，求神、問卜、尋名醫，飽嚐台金兩地跑，暈車、暈機的苦楚！

起因於婚後，肚皮的不爭氣，接連生二女，大家急了，長輩給了我些許的壓力，倔強如我，打了包票，如不生子誓不休，就算七仙女，也要再加油！

多次赴台後，一次偶然的機會裡，得到了一帖生兒偏方，返金後，照上面的指示服用，不知是誠心感動了註生娘娘，還是那帖藥的神奇功效？不久後，我又懷孕了！起初，婦產科醫師告訴我，仍是女兒，這是第三胎耶，晴天霹靂，叫我如何承受？前兩胎的症狀又出現了，開始嘔吐、頭暈眼花、食不下嚥，身軀日漸消瘦，上醫院安胎已是稀鬆平常。又一段時間，醫生告訴我，是男嬰！我在心裡想，醫生大概看我痛苦，故意安慰我的吧？但超音波那頭，男性的生殖器，清晰的在我面前呈現，是真的耶！我真的有兒子了，說也奇怪，從此，再也不害喜了，而且食量大增。

記得生產那一天，婆婆站在產房外，以懷疑的口吻問護士：「咁嘸影是查脯耶？」護士告訴她，千真萬確，並亮了亮兒子的生殖器，婚後，這是婆婆第一次笑臉迎我，公公終於如願的當上長老，他更是興奮得合不攏嘴，給了我一個十萬塊的大紅包，兩個女兒呀，媽媽真是對不起妳們，但妳們也該檢討，要出娘胎時，怎忘了把那塊肉帶出來呢？害媽媽的雙眼都快哭瞎了！

兩年後，我又懷孕了，這回又是男兒身，我又賺了另一個十萬塊的大紅包，前後二十萬耶！我哪需要再寫稿，這夠我花上一段時間的，不過，我不是自私的媽媽，既負起傳宗接代的任務，豈能獨吞？要不是兒子的配合演出，哪有今朝？我將那二十萬生兒獎勵金，存了下來，當做孩子的教育基金，這是爺爺奶奶的一番心意呀！

孩子越來越多，我離文壇越來越遠，只因孩子的成長只有一次，我要一路陪伴。這些年來，自從大女兒走了閩南語路線，我開始擔負起寫演講稿的任務，我把投稿副刊的精力，留給了她，每當夜深人靜，擺平了四個小孩，開始埋首伏案，在燈光下，當起了夜貓族，從學校、全縣，再到全國的大小比賽，每年都要寫上好幾篇，作品完成後，再一字一句的向她講解，然後訓練，很慶幸的是，她從未讓我失望過。

年輕時，我寫新詩、散文和小說，為女兒改變路線後，很是辛苦，寫閩南語演講稿，為了獨樹一格，常要寫些俚語，再加入一些個人的創意，但識字不多，常用國語拼音直接翻譯，記得前些天，我的好友吳文秋醫師，他就告訴我，這是不正確的，不懂的，要查閩南語字典，所以近年來，某些學校的老師，他們鑽研於閩南語創作時，希望能要到蔡媽媽的稿子，我不敢拿出去亮相，只怕錯字百出，誤人子弟。

認識文秋兄，是在十月的某日午后，小兒子哭鬧不休，旋即引發嚴重不適，醫院雖在住家附近，卻覺驅車前往亦感遙遠，我這狼狽的母親，近似崩潰的將他抱入急診室，顫抖地告訴他：「救救我的孩子！」這位陌生醫師給了我心理建設：「媽媽，妳不要擔心，孩子沒事的，等一下就會好！」看見拉了一身的兒子，我柔腸寸斷，多麼希望受折磨的是自己！而他，正不慌不忙地幫孩子上點滴、給氧……等，在一旁的氣質護士亦為孩子更衣，並囑我先去掛號室掛急診，突發狀況，未帶健保卡，亦身無分文，印象中，掛急診，先繳一百塊，我告訴她，先生回家拿了，說到這兒，氣質美女就要變成潑婦罵街了，因為我說了一句：「身上沒帶錢！」一旁的助理竊笑也就算了，還笑出聲！不知道她有沒有丈夫？有沒有孩子？不想詛咒她的孩子亦有同樣遭遇，但起碼妳也幫幫忙，發揮一點愛心吧，誰曉得健保卡和急診費可以回頭再給？

這只是開始，住院後，在長長的坑道裡，當了三天受氣包，對象還是一位掃地、拖地的清潔人員，人要是倒楣，不吃香肉，也會被犬吠！話說第一天，我從洗手間出來，手上拿著剛幫兒子洗過的奶瓶，水珠滴到地上，此時，這位清潔人員正在拖地板，她說話了：「奶瓶洗好要擦乾，滴得滿地板！」洗過的小奶瓶，把人家滴得滿地板耶？心急病房中的小兒子，我不辯解，跟她道歉再三，保證下次小心；第二天的午后，餵完孩子吃稀飯，將剩餘的，欲倒入廚餘桶，當我掀開桶蓋，她又說話了：「就那一點，也要倒這裡！」「倒廚餘桶，沒錯呀！」我瞪大了眼睛看她。「就那一點，倒在水槽就好。」「水管不會阻塞嗎？」「水沖一沖就下去了，妳平常在家裡不做家事的，連這個也不會！」牠惡狠狠地瞄了我一眼。今天，兒子好多了，看我這雙因做家事而粗糙的手，妳就算沒知識，亦應有常識，趁這機會，就幫妳上一堂課吧，我告訴她：「我在家中，每天做好垃圾分類，一般垃圾丟入垃圾桶，廚餘則倒入垃圾車後面的廚餘桶。」第三天的某個時間，生理時鐘告訴我，該蹲廁了，我在裡面，她則在外面敲門，邊嚷著：「好臭喲，臭死人了！」聽出是她的聲音，她竟找了我三次碴！很想問這個歐巴桑，這世上，有誰的大便是香的？是她嗎？被她這一說，沒了心情，推開了洗手間的門，她看到了我，也楞住了，第四天，我的劫數已過，終於撥雲見日，她來病房拖地板，身子靠了過來，拍了拍我的肩膀、「耶，我告訴妳喔，這病房空氣很不好，不要讓孩子在病房待太久，趕快出院吧，我是跟妳很熟，才要告訴妳，如果別人，我才不理她呢！」醫院不是旅館，當然知道空氣不好，但是歐巴桑，我跟妳很熟嗎？我有潔癖的，別亂碰我！

孩子病了，我心急如焚，長輩責備，默然承受，但坑道裡的三姑六婆：「妳這做媽媽的沒注意！」我怎會沒注意呢？孩子不舒服，第一天，我到縣立醫院掛急診，急診醫師說他腸子有大便，才會嘔吐，開藥回家吃，第二天見沒好轉，我又掛了小兒科門診，一位女醫師，聽了我的細訴，她的回覆是：「腸子本來就有大便，妳就照急診室給妳的藥去吃。」

欲加之罪，何患無辭？你們都怪我吧，我這該死的母親，沒把孩子照顧好，是我的錯，但單純的嘔吐，會演變成拉肚子，以致電解質失去平衡，是我始料未及的，兒子呀，對不起，讓你受苦了！

四周的責備聲，一波接著一波，朝我襲來，疲憊如我，已無力招架！

此刻，病房裡，一位陌生人出現了，他穿著白色的長袍，亦即醫師袍，他說了一句讓我備感窩心的話：「這不能怪媽媽，孩子本來就會有一些突發狀況！」

之前在急診室，一時慌亂，六神無主下，沒注意到，原來他是內科及小兒科醫生，看見白色醫師服上面所刺繡的字體，彷彿吃了一顆定心丸，就是你了，我兒子就靠你了！

從先前的忐忑不安，一如天下所有的母親，擔憂孩子的安危，到最後，放心的把孩子交給他，一連串的檢查，從抽血、驗尿、驗糞便、電腦斷層、脊椎穿刺、腦波檢查，孩子安啦，再經治療，沒事了，我們開開心心、平平安安的回家！

由陌生到熟識，只因孩子，現在的文秋兄，我們把他視為我們的家庭醫師，只是如此一來，我這過敏體質的媽媽，生下了過敏體質的兒女，最近找了他幾次麻煩，真不好意思！

九月二十五日，已調回台北醫院的文秋兄，榮獲「深入偏遠地區及離島服務醫師楷模」，留金歲月一年多，嘉惠了諸多病患，尤以一千公克的早產兒，呼吸急促、腦部出血，他細心和耐心的照護，孩子存活了，家屬感恩！而地區鄉親，對醫療的沒信心、對醫師的不信任，憑藉專業，得到病人與家屬的信賴，是他最大的安慰，雖然離金，但對金門，心存好感與懷念，他說：「金門真是個好地方！」

靈感來自周遭，趁著尚未腸枯思竭前，多寫一些吧，今生的唯一興趣，就屬寫作了，能擇我所愛，人生了無遺憾，最近，翠賢老師找上我，鼓足了勇氣，拿出了全縣語文競賽的演講稿——「阮的故鄉」和全國河洛語講古——「下坑的發展與未來」，共襄盛舉。

為了陪孩子一路成長，我做了全職媽媽，如今，四個孩子，已有三個上學，分別為國中、小學、幼稚園，小兒子明年也可以上幼稚園了，在政府的「德政」下，全職媽媽的津貼，剛好擦身而過。

兩個女兒都喜歡寫作文，作品常在中、小學生園地發表，我的心情是雀躍的，記得有一天早上，二女兒看到小學生園地一篇某學校小朋友的文章，她跑來告訴我：「媽媽，這篇文章是抄的！」隨即到家裡的圖書角，找來了作文範本，掀開那一篇文章給我看，接著，像發現新大陸一樣，將報紙和範本，一起拿到學校給老師和小朋友看，並告訴小朋友們：「抄襲他人的作品是不對的！」

男孩女孩一樣好，只要教養成功，只是傳統觀念裡的重男輕女，讓我的思維，夾在傳統與現代間！

其實，生女兒也不錯啦，只是，有兒有女，人生比較沒有遺憾，您說是嗎？

幽幽山谷

靜幽幽的山谷，幾分神韻，亮起閃光，綠蔭映襯，怡情養性。
蜿蜒漫漫山影，靜謐而悠悠，增心境涼爽，如遨遊仙間。
樹木四季常青，難見禿枝，蒼勁中冒出一股生命力！
佇立山崖，勾眼簾，風暖水柔花朵漸繁。
小路，僻靜非常，企首遠眺，山上的兩座涼亭，彼此默然相對而視。
穿過婉然小徑，佇足亭外，照面已久，感她的綺麗風采，迷人之處。
陽光飄著暖和，耳語明麗動人的美麗故事，看活躍的樂譜，有數不清的歌曲。
沐浴山中與林木為伍，於引吭高歌之際，與山谷共鳴！
跑車旁，涼亭內，笑聲滿溢晴空！
尋覓踪影，擷取幾片清嫩的綠葉，小小山丘，佈滿詩意景象。
有時，樹葉飄了下來，紛紛飄散，身影一晃一晃，狗兒不禁張開大口，吠它幾聲！

亭內談吐，內涵豐富，坐於亭內，啜一口又甜又冰的飲料，視線擲向亭外，賞滿園花朵開得盡情盡興，看匆匆流過的人與車，尋覓蹤影，喜悅的笑臉一張張。

兜風去，到野外，野外休憩有涼亭，亭有風，風涼涼，有陽光，陽光柔暖，觀夕照，望入你眸中。

飄逸的你更飄逸！

豪邁的你更豪邁！

春之頌

冬天悄悄地帶走了凜冽的寒風，亦悄悄地帶來春的跫音，春風徐徐和風吹，送入人心暖人間，春風吹到身邊，怡然自得、陶然自醉，充滿無限青春活力。

春像一首詩，吹得草兒青又青，山林更新、草木更綠、人兒更美……，躺在綠意盎然的青青草原上，啊！溫馨如夢鄉。

春的季節裡，暖和的太陽、溫柔的風，山青、翠綠、風飄、雨滴，彷彿是春姑娘在翩翩起舞。她，好像已忘卻煩惱，揮去孤寂，而在芳草碧連天的綠色大地中尋覓，尋找屬於她的……。

春風笑盈盈，到處受歡迎；蔚藍色的天空，飄著棉絮般的浮雲；露珠滋潤了嫩綠的枝頭；佇足原野，仰望花兒朵朵綻放，聽那枝頭上的鳥兒唱出春之聲，歌聲嘹亮悅耳；再欣賞遠處的小橋、流水、人家，構成了一幅美麗的圖畫，啊！好一個可愛的春天。

春光綺麗，詩情畫意，表現在每個人的笑靨上。昂起頭，各個精神抖擻、朝氣蓬勃，顯現出春的氣息，是那麼的美好！

春花燦爛春光好，欣欣向榮、五彩繽紛，看那農人扛起鋤頭、牽著犛牛，漫步至田間，日出而作，日落而息，分秒必爭，為春天點綴得更美、更綠，我們，趁著明媚的春光，加倍努力，莫辜負了大好時光！

星夜訴懷

夜深人靜行人稀，淡淡幽愁湧心房。

從天涯到海角，由前世到今生，星星依舊守候著孤寒的長空，守著不變的初衷。

在一片星光閃爍下，容我傾訴滿溢著的思緒。

憶戀昨日像首詩，昨日，他悄然自窗外走過，步伐，顯得精力充沛；背影，顯得神采飛揚，於是，悸動的心情期待下一次的相見而跳躍，無數成串的夢曲亦由此際輕輕悠揚而起，接著，他常常帶著羞澀的面容低著頭悄悄經過，偶爾目光相投則微微地點頭，臉上的微暈有著詩意般的美，漸漸地，溫馨的友誼譜盡了多少情懷，她不自覺已如痴如醉地墜入情網，而歲月不斷地凋逝，他倆逐漸地陌生，最後伸向兩地，各奔東西，她像星星一樣守著長空，苦苦的等，癡癡地盼，以孤寂的眼神發出心底的怨愁，兩行情淚溢滿著心湖，那難以言談的悲，說不完的愁，寫不盡的苦，叫心不斷的煎熬著。

重拾回憶的麥穗，景緻依舊，人事已非，多麼淒冷的景象！夜晚，一枝筆，一疊紙，坐在窗前燈下，默默靜思揮筆，為自己的回憶，留下一點痕跡，曾想讓波濤般的情感永遠埋藏，瀟灑的揮一揮衣袖，但長夜繚繞的影子卻揮之不去；曾想重啟心扉，伸出雙手迎接另一個春天，卻發現那些回憶仍無情的啃噬著！

星夜裡，她祈禱明天窗外有著美麗的藍天、和煦的陽光，再見和諧景象，再見鳥兒自由自在地翱翔……。

流連忘返思田莊

田疇良畝，視野遼闊，園圃青青，鄉貌呈臨！

夏的酷熱，欲尋清涼時刻，走山間，尋田園，涼涼微風飄眼前！

悄悄地來到這外表看來平凡，卻藏有一種脫俗氣質的山中，甜甜的聲浪，內心激起了陣陣的微笑！

映入眼簾，美景如前，絲毫未變，這兒，正譜著篇篇的樂章，所有美妙的旋律，在眼前，亦傳入耳中！

有人形容此處，寂靜而冷清，荒僻而崎嶇，但我卻喜歡於那無際平野的靜默，尤其是田園的青蔥，深刻的體驗出生命的點滴！

亮藍的天空，閃爍著光采，蘊含著人生的另一種享受，自然祥和而安樂，處處是生活的樂趣，觸目均是生機無限！

山間，披著五彩繽紛的衣裳，閃閃發亮，朵朵美姿，縷縷盎然，多年來，一直深烙心田。

結婚，揮灑著似雨的淚，懷著揪心房的痛楚，告別了心愛的田莊，揮別了緘默無言的田園，擦不乾的淚液，日日夜夜的陪伴！

尚義機場，飛機聲，耳中響，淚眼盈眶灑衣裳，赴台數日，思鄉情懷繞心坎，一襲婚紗穿在身，簡單隆重的結婚儀式之後，心頭惦記著的，是家鄉的一切，放棄了所謂的蜜月之旅，窩在家裡，想著家中，幾日之後，先生的假期已屆，我們又回到了可愛的家鄉，暖意一起，溫渥心園！

婚後半年，居住婆家，這些日子以來，遠離了有山有水的環境，偶爾，經祖母、公婆等之許可，返回了娘家，投入了田莊的懷抱，那襲上心頭的感覺，既溫馨又甜蜜哩！

平和靜謐的田莊，流連忘返，不忍離去！

輕靈秀緻的姿儀，氣息洋溢！

當冷風颼颼，它溫渥著身體的暖意。

當熱浪侵襲，它舒緩了身軀的燠熱。

此番天氣，燥熱無比，但到了田莊，舒爽涼和！

田莊漾笑靨，甜密記憶相擁有，溫馨柔情，似詩情畫意！

神清氣朗的感受，使人流連！

和順縷縷的柔景，叫人欣慰。

秀麗丰柔的田園，徘迴纏繞精神爽！

山野的紅花綠葉，眩目動心映光影！
波光相映在湖畔，深鬱群山入眼簾。
沿山林而行，觀田園儷影。
於親身蒞臨，心為之躍動。
山莊風貌，高貴自然！
山水洗禮，慰藉心靈！
山間景緻，情有獨鍾！
深山幽谷增淒美！
流連忘返思田莊！

相逢

向晚的暮野，飄散著游絲般的淡霧，村郊的小涼亭，一群莊稼正猜拳飲酒，年輕者更狂舞酣歌，雖涼風襲人，竹樹陰森，氣氛依然和諧、輕鬆，人人均映著一臉笑容。

郊區的山色娟秀無比，而恬靜中，見滿天飄零的落葉飛舞，寧靜中竟有點荒涼涼的感覺，無形間添加了些許森冷。

山路迂迴，她用手推車滿載柴火，朝返家的路，抬起頭，一片灰濛濛的天空，依稀見著幾隻鳥雀，無聲的逐飛，她看得入神，一個不經意，雙腳陷入了混濁不堪的臭泥中，手推車亦夾著大量的污沙，渾身濺滿著難聞的臭味，她再次抬頭，看著幾隻漸去漸遠的鳥雀，恨不得此際亦能插翼飛翔。此刻，她驚慌失措，咬咬嘴唇，最後嚎啕大哭起來，豆大般的淚珠直灑而下，莊稼們聞聲而來，大夥兒使勁地幫她把手推車由凹凸不平處拉起，她頻頻稱謝，偏偏路況太差，山路既狹窄又崎嶇難行，推了一段路，又遇著了大窟窿，心中暗想，只有聽天由命了！終於上天保佑，平安無事。

夜晚，躺在床上，輾轉難眠，腦海中不段浮現方寸的情景，徹夜，她就在這樣的思維中度過。

窗簾因晨風的吹拂而揚起了一角，一道白光滲入，她望向窗外，藍色的天空中，陽光正照射著沉寂的田莊，老老少少早已動工，她清楚地看到那位咧著無齒的嘴，總是面帶和靄笑容的阿婆，正彎著腰，餵食著小雞，每天這些鏡頭總一遍又一遍，重複的浮現，現在她只覺得頭昏昏的，搖搖頭，不想再看，她不是厭倦看到他們，而是一切事務已太熟稔，不須再浪費精力複習。

她站起來，抖抖身，忽然想起，今日與阿婆約好，要一同上市場的，於是七手八腳的準備一番，她倆走走停停，矗立路兩旁的建築物高高低低，一條條潔淨的馬路與一排排的樓房，讓她看得目不暇給，而路上車輛如潮，幾乎都塞滿了流動的車群，空氣瀰漫著汽油味，阿婆說：「啊，還是鄉下好，空氣新鮮又沒有這些煩人的汽笛聲。」她微笑地低頭，按著身上的衣衫，並表示有同感的點頭。

背後傳來急促的走路聲，她回頭，見著一個熟悉的身影，她的腳步變得緩慢，阿婆催她：「走啊，妳在看什麼？」

「沒……沒什麼！」她又回頭去看他，他誠摯的揮一揮手，倆人遙遙相對。

返回後，阿婆愉快地暢談今日見聞，她的心卻沉沉的，提不起勁，「相逢」，本是多麼醉人的字眼，它應該是充滿美麗與神祕的，但今日的「相逢」，對她來說，卻是一種刺痛，那逝去的日子，又使得她迴旋再迴旋，往事再次聚會，思緒再次飛揚，懷念使她感染那一份輕愁！

他倆一同去看海，粗獷的海風和層層的浪花，她看得暈頭轉向，她依偎在他身旁，感到溫暖又安全。在海邊，她的萬種風情深深的吸引著他，這愛情，美化了他們的生活及心靈。在海邊，他們有著山盟海誓，男的非卿不娶，女的非君不嫁，這些諾言，終似朝陽夕暮般的短暫，一會兒功夫，就消失了蹤跡。

他帶著痛楚的神情，萬般不願地離開了她，遠赴他鄉，起初，她每天接到他的一封信，他要她等，很快就會回來，漸漸地音訊全無，她四處探訪，均無下落，在心灰意冷下，又收到他的來信，她謝天謝地，迫不及待的拆閱，他告訴她，他回來了，對這一切的周遭環境，有著無比的深切之感，時間流轉，無比快速，隨著時光的流逝，年齡也逐漸增長，年輕之齡總會想交往異性朋友，出自內心打算，若她不反對他的追求，他將盡心盡力爭取，若能擁有她，將是前世做盡善事，今世得來之福。

看了這一段文字，她的心暖暖地，再次看下去，打了個寒顫，他又告訴她，他在外地發生車禍，致腿骨摔傷而破裂，在醫院治療了一段時間，每到疼痛惡劣之時，眼淚幾乎掉下來，而休養的階段裡，與醫院一位較他年長的護士，談得相當融洽，產生了另一種情誼，所以，他對她很愧疚，希望她忘了他曾有的誓言，就這樣，他豪邁地揮揮手，她有著濃重的感傷！

婚後，他發現所愛的依然是她，於是，他又約她，希望能重續前緣，她堅決表態，不做第三者！

往事在眼前都聚會了，幾次希冀均落空，他乖順順地回到妻子的身邊，當有了結晶後，他的妻子辭去了醫護工作，專心扮演著家庭主婦的角色。

偶爾想起她，總抑制對她的思念，但在內心，一直對她心懷愧疚！有時，他想去探望她，又不忍打擾，只得作罷！一次心情不好，一人喝著悶酒，狂飲後踉踉蹌蹌地不醒人事，口中喃喃自語，叫著她的名字！

酒醒後，他的妻子追根究底，他道出實情，起初，他的妻子不肯原諒，經過靜想，如果沒有自己的介入，他們會是圓滿的結局，瞬間，她不知如何？良久，他要她的先生忘了那段戀情，顧及這個家，他答應了！

街上的相逢，二人均有顧忌，只是，相逢後的觸景傷情，難免難過。

相逢，本是一段快樂的事，豈知？

氣象播報站

希望一年三百六十五天，天天是晴天，她就不會腰瘦背痛，度日如年，坐立難安！

四個月子一百二十天，天天洗衣燒飯拖地板，親愛的婆婆沒空閒，要照顧那紅斑性狼瘡的大姑娘，亦要走街上，三姑六婆話家常，也要空中飛人跑台灣，長子長媳放心坎，兩千金，一手拉拔窩心肝！

金銀珠寶擺眼前，父安排，嫁入豪門，當那少奶奶，不愁吃穿為將來，年輕的她，期望擇己所愛，尋那穩練踏實者為伴！

日復一日，年復一年未出現，適婚年齡，其父不耐煩，每日，三字五字來相伴，她的情緒受影響，含悲忍痛，在提親名單中，抽籤看誰中？

只知名和姓，沒了戀愛，亦不知他家在何方？住高樓大廈或平房？

訂婚當日，踏入婆家心悽涼，原來男方坐擁一間小房間，數代同堂，氣氛詭異，心操煩！

賭氣下的婚姻，她自食苦果，該是嫁妝一牛車，人見人羡的美嬌娘，竟落得新婚無嫁妝，亦無父母的主婚！她自己張羅了一切，所有的民情風俗，一手包辦，輸人不輸陣，她靠著平日的辛勤耕耘，那微小數字，張羅了頭尾，應男方要求，一樣不差！

購布匹，拿捏分寸，六六大順，六樣化粧品、六套衣裳，總價一萬多塊新台幣。

訂婚當晚，恩人來電話，將她一手提拔的長者，語多關懷，再三詢及，既無戀愛，亦無男友，何以閃電定鴛盟？她含淚回答，姻緣天註定！辜負了他的期望，心中有千千萬萬個抱歉！

公證結婚下飛機，婆婆叫到跟前講條理，普通人家，亦有許多不為人知的秘密，新嫁娘，一月悠閒，對她而言是奢望！

廚房的油垢、浴室的污垢、碗盤的塵垢，將她折騰得呼吸困難，她開始洗洗刷刷，除了這些，還包括了門、窗、地板，厚厚的一層……，她幾乎要窒息！

甜茶敬長輩，答禮沒半項，重重茶盤端起，輕輕茶盤放下！

為人媳，知道理，晚睡早起，當那公雞喔喔啼，披衣下床，燒水奉茶，熬粥蒸饅頭，掃地拖地擦桌椅，再拿著全家老小的衣服到井邊洗，家中的自來水，要繳費，即使軍眷有優惠，她，挺個肚子又害喜，無論刮風又下雨，均依家規來辦理。

家中長輩多，早晚請安來行禮，三餐吃飯有規矩，煮飯不對口、炒菜不對胃，重新下廚博歡喜！

拜拜時候搞飛機，就是不告訴妳，時辰一到，空著急！手忙腳亂喘吁吁！

纏繞耳際的話語，儘是這家媳婦多嫁妝，那家新娘年輕漂亮又能幹！

兒子生病，責她三餐前兩頓後；孩子不適，怪她空做母親不專心；至於她有恙，女人生病在難免，不須醫生和藥草，日子久了，自然就會好！

逢假日，丈夫休假，想回娘家，一一請假，一人有微詞，遙遙娘家無歸期！

儘管丈夫疼愛，但軍旅生涯，聚少離多，無能長期陪伴，她身體虛，多次醫院吊點滴，暗自飲泣！

媒人來訪，見此情景，頗驚訝，頻道歉，亦說出心中話，當時請她探訪男方家，她未實地去勘查，只為紅線牽，成就一樁好姻緣！

命運的束縛、人生的無奈，決定了的婚姻，不容反悔，但憶及過往，胸口疼痛！

沒有學歷又沒有嫁妝的女人，矮人一截……。

孩子將呱呱墜地，多事的三姑六婆呀，逼得她，提著簡單的行李，到隔村租屋而居，兩手空空、一張涼席，月子就在地板棲身，外頭下大雨，裡頭下小雨，溼漉漉的地、濕淋淋的身，伴隨著她！

嚴重的撕裂傷、歪七扭八的縫線，讓她下體疼痛異常，足足難受了半年！

第一次生產沒經驗，護士在一旁叫她用力、再用力，使力不當，嬰兒衝撞，皮肉受煎熬！

傷口縫合後，老護士，推來了病床，要她由產檯跨越而過，她已全身無力，老護士冷漠又嘲笑：「像妳這麼軟腳，生一胎就好！」

望著天花板，又環顧四週，死寂一片；隔壁的嬰兒房，雖有嬰兒的啼哭聲，那是生命的喜悅，但在心中，卻有著產房無情的感受！

隔日，有著難以言喻的溫暖，另一護士，見她無法下床，憐惜地，到病房幫她，在鋪好的產褥墊上，小心翼翼地沖、洗、擦，並說：「怎麼縫成這樣，一定很痛！」

泡優碘，是她月子期間，每日必修的課程，每天，須花上好些時間，光著臀部，蹲坐臉盆，沉浸在加了優碘的溫水中。」

腹瀉，成了她的另一項負擔，如水般的噴灑，她的肚子始終咕咕作響，軍人的妻子，實在可憐，這個月，他正在部隊擔任值星官！

感冒，將她折騰得疲憊不堪，日子難過亦要過，她必須學會堅強，尤其月子期間，丈夫不在身旁！

住院八天，毫無漲奶的跡象，返家後，亦沒奶水，女娃兒，沒了母奶，就餵牛奶吧！

兩萬多的薪資，每月祖母一千、父母五千、租金三千，量入為出，粗茶淡飯素衣裳，為車子、為房子、為早日有一個屬於自己的窩。

風水、壓力有關聯，產下第一胎，多年既無避孕、亦無懷孕，中醫把脈調理沒消息，西醫檢查沒問題，基礎體溫做記錄，按時婦科報到，吃那排卵藥，超音波照卵泡，做人難、難做人！

婆婆叫到廳堂說分明：「要嫁人，就要替人生，別愛水，愛那身材美，外頭說，家中女兵一大堆，無男兒，又說妳公公，長袍馬褂四千塊，捨不得購買，汝甘知影？做人媳婦知道理，既要嫁尪，就得顧人香煙，不然，就在厝裡做小姐……」

她既非長媳，亦非孤子孤媳婦，卻要承載重擔，只因她，嫁了一個不遠父母、不離家鄉的孝子！

她的辯解無效，瘦弱的身軀，承受了重大的壓力！她的一股悶氣，堵在胸口，開始呼吸困難，心胸皆痛，常有喘不過氣的感覺，壓力無解，她一籌莫展！

當卦中顯示，子嗣將至，婆婆不信，指她挖菩薩屁股，自己之事自己擔，要她廟中祈福免談！受了委屈返娘家，她絕口不提，父親旁敲側擊，指她不聽老人言，吃虧在眼前，不遵從安排，嫁入豪門，既無法享受榮華富貴，亦無能享有甜膩生活！

她無言以對，但父親對她的一意孤行，沒能諒解。

一項對父親唯命是從的她，今生唯一的不孝，就屬姻緣自己了！

榮總的一場手術，在恢復室裡，她的父親，身上插滿了管子，臉色蒼白、軀骨瘦削、呼吸微弱，雙眼略張地看著她，她驅前，握著他的手，「爸，對不起！」她懺悔地緊握著她父親的手，心情久久無法平復。

食道癌，奪走了她父親的性命，水床前，她雙膝下跪，求她父親原諒，她的父親，喊著她的名字，要她堅強、珍重！

父親走了，她不知道，他是帶著什麼樣的心情離開？她想知道的，是他原諒她了沒？

存夠了錢，丈夫買了車子代步，接著，薪資調漲，在數年後，貸款購房子，就剩兒子了！

好男不當兵、好鐵不打釘，迂腐的觀念，瞧不起這著軍裝的兒子，但家中有事，往往是那個最不被看好的人，戮力往前衝！

百齡人瑞的祖母過世了，他請假守靈，諸多孫字輩，唯他一人！

她則在清晨，帶著兩個女兒，在微冷的天氣裡，到村外攔計程車，飛奔而去，只為送那曾經叫她吃臭酸饅頭的老祖母最後一程，無論過往如何，她以德報怨！

從大厝入廳、瞻仰遺容、入殮封棺及之後的初一、十五、四十九日、百日……，她無一不在。受風寒的兩個女兒，陸續住院，她心力交瘁，只想告訴老祖母，在天之靈，保佑全家平安順遂吧！

一間被列為禁地的小房間，老祖母生前，常在那兒出入，無人知其原因！

蓋棺論定之後，終於明瞭，原來老祖母年輕時，曾嫁呂姓人家，丈夫死後，被送了回去，她膝下無子女，不久後，她的娘家，將她嫁給了祖父，在那講求三從四德的年代，這是沒婦德的！

她的祖母，偷偷地將她前夫的牌位，擺在那間無人能進的小房間膜拜，待她百年後，真相大白，但那牌位，竟被擺到大廳去了，兩姓氏的祖先，平起平坐，後代子孫，又多了一項工程，年輕的她，大惑不解，自己的祖先，逢年過節，都拜得焦頭爛額、氣喘吁吁了，還要拜別人的？這一拜，請神容易送神難呀！苦的，是後代子孫呀！

家中有事，長子、長女打算，他倆夫妻執行，乖乖牌的丈夫，送傷患、拜祖先，甘之如飴，苦了美嬌娘！

是誰說？吃虧就是佔便宜！簡直鬼話連篇無道理！好心未必有好報，她以性命相賭，成就了他人，卻毀了自己！氣候變化，軀骨如蟻啃噬，痛楚難耐，日復日、年復年！

第一胎，婆婆告訴她，千金就一個，雖已出嫁，染上病痛她不捨，晨昏照顧，掛慮女兒心滴血！

第二胎，婆婆告訴她，長媳開會半天，治安不好，二孫女，擔怕遭綁架，那是阿嬤從小一手帶到大，一通電話，服務到家，這一飛，飛去個把月！

第三胎，婆婆告訴她，家中拜拜多，她坐月子，無能拈香燒紙錢，老人家，手忙腳亂拜祖先！

第四胎，婆婆告訴她，年紀已一大把，手慢腳鈍，不知月子如何燉？

她思慮著……

第一胎，生病的人最偉大，她如同身受，表關懷，就讓婆婆照顧她親愛的掌上明珠吧！

第二胎，事有輕重緩急，萬一孫女被驚嚇，阿嬤勢必淚兒灑，老人家，分身乏術就饒了她！

第三胎，飲水思源拜公媽，婆婆孝心天可表，她感恩！

第四胎，七十多歲老人家，不忍她，東奔西跑忙燉藥，設身處地為她想，空中的飛機已飛遠！

她有著受騙的感覺！婆婆叮囑她，女人家，心胸要寬闊，別計較，女兒就一個，不能受災殃，兩媳婦，一個怎麼了，還有一個免煩惱！

數年來，金玉良言，她謹記在心！

總算蒼天有眼，多年後，人生大事，逐一完成，她的丈夫，五子登科，夫妻倆，緬懷同甘共苦的歲月，有辛酸、有淚水！

投效軍旅男兒漢，坑道歲月風濕痛，四十出頭皺眉頭，心疼丈夫，她滿臉憂愁！

不愁吃穿的她，現在，成了氣象播報站，颱風天——頭痛，下雨天——膝痛，從頭到腳，無一不痛，豬尾骨燉金針、杜仲粉沾豬腰，試過無數次，就是無效！

她多想忘記過去，但歲月，凡走過，必留下痕跡，用紗布包裹著的傷口，當掀開紗布的那一剎那，傷口仍舊隱隱作痛！幸好，嬌柔外表的她，有著剛毅的性格！

最近天氣多變化，屈指算一算，一年不知道有多少個晴天，可以讓她面帶微笑不痠痛？快快樂樂迎陽光！

風雨交加的日子，宛如氣象播報站的身軀，白天，如坐針氈，晚上，徹夜難眠！

攬鏡自照，那愁眉不展的容顏，都是天氣惹的禍！

她無語問蒼天！

風啊、霧啊、雨啊，快快走吧！

悠閒自在星期天

仰望天際，驕陽四射，這悠閒自在的星期天，伴隨著笑語一片！

難得假日，與兩位護理主任坤鳳姐及明儀姐，一同走訪了金門的某些角落。於烈焰下，乘坐於車內，雖有冷氣徐徐，仍覺熱意襲人，我們搖下車窗，讓島上的自然風，拂入車內，那股涼意沁進肌膚，快活舒暢！

閒雲飄過，任意去留，飄飄渺渺，美的意象，擠入眼簾！

第一站—「瓊林戰備坑道」，這是兩位主任最嚮往參觀的地方，那美麗的期盼寫在臉上。車子抵達目的地，停妥於操場，我們一行人，先是返婆家探望了祖母及公婆，而左鄰右舍，對二位主任的到訪，歡迎之至，寒暄話家常後，便是一天的參訪。

「瓊林戰備坑道」，位於「瓊林村公所」內，地區開放觀光後，吸引了眾多來賓的參訪，常常，廣場前，停了數輛遊覽車，遊客的湧入參觀，亦為它提昇了知名度，而村公所內，設有服務台，且有專人為來訪的遊客服務，頗得佳評！

當我們雙腳踏入，牽著愛女的手，步下數個階梯，於燈光的指引，依序進入。冗長的坑道，無比潔淨，因設於地下，步入其內，冷冽沁膚，與外頭的強烈日光曬暖，形成了對比！坑道別有洞天，除主通道外，尚有支道，可謂四通八達；而指揮中心內，尚有瓊林戰鬥村的「位置配備圖」，置於旁的，椅子整齊地排列，而周遭環境，亦井然有序，徹底的清潔維護！

聽見了外頭，兒童快樂的嬉戲聲，即知出口，已在不遠處，走出了坑道，呈現於眼前的，是數位攤販的兜售，在艷陽下，倍覺他（她）們的辛苦，而此等畫面，在金門島上的觀光據點，比比皆是，服務了觀光客，亦為島上帶來了另一筆財富。

「風獅爺」，威風凜凜地，於瓊林村外，庇佑著村民們，無論刮風下雨，驕陽烈焰，仍堅守崗位，祂的聲名遠播，除瓊林村外，島上的許多村落，都可見祂的蹤跡。而祂，更成了中外來賓的最愛，只要來過金門者，足跡踏過貢糖、金酒、亦或禮品部，均會購回紀念。但心寒的是，地區部份村落，竟有風獅爺遭宵小竊走，身為金門人的一份子，呼籲「有心人」，「愛祂，就不要傷害祂！」更別任意盜竊！

「保護廟」，庇護著全村百姓們，這村落，士、農、工、商，各行業均有顯著成就，儘管如此，對宗教的信仰，更是不落人後，善男信女們，秉持著一顆虔誠之心，使這間廟宇，香火鼎盛。除此之外，瓊林村內，尚有「孚濟廟」、「關帝廟」、「萬聖爺廟」等大大小小的廟宇，在香煙裊裊下，祈安降福！

「蔡氏家廟」及「宗祠」，為宗親精神維繫之最佳聚落，它的巧思構築，金碧輝煌！村莊內，人才輩出，而子子孫孫的繁衍不斷，在列祖列宗的庇佑之下，不乏博學多聞及出類拔萃者！

蚵香四處，遍佈全村，村婦們埋首挖蚵，佇足圍觀，好大好鮮！尤以盛產之時節，剝蚵景象處處聞，許多人家因而蓋大廈，可謂快樂泉源，成功媒介！

老人家促膝而談，到處可見，村內融和一片！

從事農耕者，青蔥翠綠的田地，於微風中，搖搖曳曳，特別耀眼亮麗！

整個瓊林村，裡裡外外，井然有序，街道的景觀，亦整齊有致，此條街道，包羅萬象，舉凡日用什貨、小吃店、理髮廳、美容院等，為村民提供了便捷的最佳服務。而小巷道，雖狹窄彎曲，卻亦收拾得宜，一路行來，主任們留下了深刻印象！

第二站—「金城街道」，適逢週日，人頭鑽動，熱鬧無比，無論來往大小金門，金城為必經之地，繁華的街市，應有盡有，尤以小吃攤林立，炸雞、香腸、甜不辣、米食、麵類、包子、油條……等，使匆匆過客，亦或市民，在價廉物美下，大飽口福。

各行業的興盛，如金箔店、禮品、服裝、鞋飾、餐廳、休閒、雜貨、珠寶銀樓、中藥房、診所……等，好不熱鬧，而菜市場，更是人聲鼎沸，近來的漁會超市之慶祝母親節等活動，使來往之顧客更頻繁，同時因廣告的效益，促銷活動之成功，此舉，為漁會購物中心，帶來諸多收入。

離開了金城，往山外的途中，車駛過了中央公路，好熱的氣候，我們每人，已冒了一身熱汗，聊著天，汗珠由額頭往下滴淌，紙巾擦拭著，臉上的妝，淡了許多，頗覺神清氣爽！

第三站──「牧馬場」（亦即畜產試驗所），此時，為枇杷盛產季，我們一行人，先抵娘家，母親及家人的招呼下，大快朵頤。這田園與果園，是先父生前，在農耕歲月上的一股成就，望著客廳中的獎座及獎牌，還有當年和長官的合影，及剪貼簿裡，各報記者的田園採訪，這些，都是先父辛勤努力之後，所得到的報償。而「前人種樹，後人乘涼」，這片欣欣向榮的田園，這先父耕耘的田莊，放眼望去，好大一片！

凝望廳中的遺像，為之鼻酸，我已經沒有了父親，失落感的湧至，增添了思親之愁懷！相隔萬里遠，漲滿愁悵，欲見我父，唯獨夢中，心悲情緒壞，只願父歸來！

而敬愛的母親，歷經了風霜歲月，為養兒育女而奉獻青春，夫妻同甘共苦，為了這個家的完整，不分晝夜地苦拼，從一貧如洗，至今的安康生活，如今，卻惹來一身的病痛，蒼天若有眼，該賜給她一顆仙丹！

尚未享受人生，即告別人間，每每想來，為先父感到不值，而母親，喪夫之痛下，柔腸寸斷，淚流滿面，食不下嚥！

揮別了西洪，這孕育我成長的地方，曾經於此，縱情於山水，心靈的追求，由文字裡所散發出來的，是山山水水的愜意時光，每回返此，倍覺舒泰，這兒，芳美的容貌，清新的意象，不時在腦際徘徊！

牧馬場，孔雀開屏，炫眼奪目，土雞覓食，爪子扒土！

池塘邊，白鵝漫步，高貴典雅！

柵欄內，獼猴跳躍，靈巧可愛！羚羊散步，悠閒自在。

畜產所內，鹿茸採割，遠近馳名；而鴛鴦馬，締結多少佳話！

「乳品加工廠」，是地區鮮乳供應的出處，那一頭頭的乳牛，低首啃食，放眼望去，身軀黑白相襯，圍成一片，多麼壯觀！

圍牆的完工，裡外刻劃得分明，亦因此，留住了遊客的心！

第四站—「中正公園」、「榕園」，與它們毗鄰而居的，為大、小太湖，近來，湖水多次乾涸，亦浚深多次，只為飲水人家，在足夠的蓄水量下，供應時，安心、放心，但每回經過大小太湖，觀那將乾涸的湖庫，總會為它捏把冷汗，心頭暗問，天再不降甘霖，用戶的飲水，將來自何處？

中正公園前，左右二方，兩頭獅子巍然挺立，雄武威揚般地！順著石階往上走去，腳底，鋪成了一片廣場，平平坦坦；抬頭仰望　蔣公銅像，不由自主地，肅然起敬了起來！

湖光山色加水色，於多處涼亭點綴下，顯得詩情畫意！

沿路而行，不一會兒功夫，到達了「榕園」，綠蔭步道，腳踩其間，靈逸舒暢！

園圃，紅花綠草，怡情養性！池塘，水中魚兒，輕飄戲耍！遊客則瀟灑漫步，睹榕園丰姿。

走訪「慰廬」，思古幽情油然而生，而感今日，它的寂寥，縱然遊客再多，亦覺落寞！園丁們，澆花除草，愛心呵護；而榕園處處，蔚然壯觀！榕園休憩，舒坦極了，於綠的包圍下，柔和映照，這股豐沛的生命力，將更充滿活力與朝氣。

坤鳳姐：「雨絲飄灑的榕園，最為美麗，只可惜，今日艷陽高照；多希望在民風純樸的金門居留，這兒，空氣好，人情味濃，好是眷戀！」

明儀姐：「金門到處是綠蔭大道，一片青蔥翠綠，真是怡情養性的好地方，有緣碰觸，心間難忘！」

快樂的時光，總屬短暫！近黃昏，金黃色的陽光好美，一行人踏上歸途，坐於車內，有點兒疲憊，但回憶是美！

採擷夏日的靈感

之一

走過太湖，又見湖庫浚深，在這夏日炎炎裡，用水量之激增及湖庫之缺水景象，可見一斑，每年此際，因缺水而限水供應之情形下，家家戶戶，又得嘗受缺水之苦，我們除了祈求蒼天，普降甘霖，以補充足夠之水源外，更希望用戶，打開水龍頭時，當用則用，當省則省，以共渡難關！

之二

學校已放暑假，這是學生最開心不過的，但無論學校或家庭，均須為學生做宣導，如何運用漫長的暑假，做一些有意義的活動。

許多勤勞的學生，放假期間，均會為父母、為家庭做一些事情，舉凡照顧生意或下田工作……等，然而，亦有一些學生，閒來無事，成群結隊四處遊蕩，此等身心的紓解，叫人捏把冷汗，亦影響了社會秩序的維護！

家長們，家中青少年外出時，多留意他們的去處，過濾他們的交友圈，以免誤交「惡友」，造成終身遺憾，而教育當局，更該為學生，做一強而有利的宣導！

之三

未婚的男女青年，在求才的熱線裡，不妨考慮投筆從戎著軍裝，軍事學校的招生對象，為未婚男女青年，是一個展長才的好機會。

職業的選擇，關係著一生的幸福，人生的體驗，邁入軍旅，亦能吸取新知，增廣見聞！

之四

很討厭不守交通規則的駕駛人，尤以在路上蛇行或超速，遇著這等情形，最是險象環生！

無論道路的寬廣或陡峭彎曲，只要小心駕駛，自是舒適安全。然而，地區數年來，交通事故的不斷發生，肇事率之高，不忍卒睹，歸咎之，便是不守交通規則所引起，有人酒後駕車，有人則以蛇形或超速為快活，殊不知，為逞一時之快，即是閻王召見之日的到來！

之五

觀光客的湧入，為地區帶來諸多財源的收入，以往的寧靜，今日的熱鬧，成了強烈的對比，但亦因此，淨土變了，它已不再一塵不染！

翻閱報章，不是色情的滋長，即是不明藥物的兜售，尚有盜竊的頻傳，交通的紊亂，難道，這是地區開放之後，所應付出的代價？

多懷念以前的日子！

散記二帖

山居情

山的寂謐，能滌濾心中的滓渣，在山中，心靈與大自然渾然地融為一片。

一道金色的朝陽劃破了寂靜的長夜，黎明掀開了一夜的薄紗，蒼穹露出了一片光輝，熙熙的陽光，喚起了新生的喜悅，而朝氣昂然，滿懷生機。

微風輕拂，掠過髮梢，輕風飄飄而來，增添心境之涼爽，那股恬淡，沁入人心，叫人迷戀不已！山居，平凡而踏實的生活，珍視著，那山的清朗，水的清柔，無濁無污，不雜一塵；泥香的芬芳及湛藍的天空，碧綠的大海，清澈眼眸凝視處，有著濃烈的情感。

美的黃昏，天邊染著晚霞，夕陽將萬里碧空，都染上深紅，又江山的身影，掩在湖水上，她的絢麗，在和諧與靜謐的水面上，灑下金色的波光，蘊涵著丰姿！

月光灑在小路上，似一種朦朧之美，有夜光的晚上，賞月是一種享受，她的清新，一塵不染，皎潔的光芒，照亮了黑暗的夜晚，無數的星光，點綴著深藍的天空，在月光的襯托下，閃閃發光，透明閃亮，晶瑩可愛！

風，帶著冷流，相伴而臨，點點滴滴的雨絲飄洒，加深了涼意，一覺醒來，又見滿園落葉飄零，不禁泣然！

待春臨大地，散發出春的熱情，寂靜的山村和鄉野，又將草木彼此競長，百花互相爭艷，又見藍天白雲好風光！

遇

旱季，河流乾涸了，湖泊的容顏是這般的消瘦，湖水乾得更多，她心憐的關切著，暗自沉思，等春雨一來，即一片潤澤，不必庸人自擾！她溫婉一笑，緩和了剛才不安的情緒。在人潮中，她一人顯得形影孤單，而陽光照射在她微暈的臉龐，有著幾分嫵媚與柔美！

她的心靈深處懸掛著他的影子，細數日子的點滴，如曇花一現的偶遇，不會開花，亦不會結果，她以為生命將抹出一筆絢麗，似有若無地叫她牽掛，又難以割捨，他行為中規中矩，彬彬有禮，謙遜而冷靜，在不知不覺中，她已沉浸在他的眼眸中，一股腦底啜飲。有時默默無語，有時笑語相談，份外顯得舒悅，幽美而寧馨。

夢，來不及實現；話，來不及細說，感悽悽心愁，轉瞬間，似童話故事般的消逝了，而在無邊的夜之懷中，確曾啜泣！

天氣是如此的寒冷，帶著的是她溫馨的回憶！

醉於深邃的眸子，萌生了愛的感覺，全身溫熱，相知相守的短暫，縈繞著思緒呀！怎樣一個嚮往的美好世界！多情的陽光亦為她譜下了愛的弦律。

湖之戀

湖上綠波盪漾，岸邊清風拂柳，青蔥淡雅；湖的四周，泌著一絲芬芳，陣陣醉意襲人，痴然陶醉！

風，緩緩的拂著，鳥兒輕輕叫著，湖水柔柔飄著，沉醉其中，有種恬淡、儉樸的心態，淡泊的心境顯得格外地聖潔。

小舟在湖中盪著，悸動自心靈深處，它的款款招呼，將人誘入了幻夢！

位居湖中，亭內，她款款地梳理雲鬢，濃淡適宜的雅緻，乍感於迷人之處，忐忑一顆心情，凝視她覆額的頭髮，相視而笑，似有一股投合在我們心中，一種無以言傳的感受，此情此景，迷失了自己，不思、不想、不能禁，腦裏、眼裏、心裏都是她！

想將有她的記憶化作失落的夢幻，從此不再追溯，可是好難，而全然喪失了生之氣息，顯得蒼老異常！

排遣這一季的寂寞空虛，再次輕泛小舟，回到了亭外，亭內的她，一如往昔，平心靜氣，所映現出的思想是多麼地細膩，疼我，亦是知我心著，她說自然地流露吧！要哭的時候哭，想笑的時候笑，等償還淚債之後，才有暫歇的時刻，我們都是凡俗，不能留住什麼，別管風雲似的聚散以及紛沓錯雜的際遇。彩虹的憧憬，夢般的綺麗，沒有寧靜與平凡的珍貴；一番顫慄、一番徬徨、一番體驗與感受，悲愁之後喜悅又重回！

醉夢中的湖，迷戀不已，那樣的靜謐安詳，那樣的淨界清境，不染人間塵埃的美麗之湖，佇足而流漣，她深深地浮印在腦海中！

短短的歌

之一

一抹甜靨，驚醒了人兒，留戀獨愁，夜夜不眠，飲盡長長的風寒，領受了無數露冷的蒼涼，露水滴不盡情淚，思潮澎湃不能遏止。

微笑，似一股溫熱的甜酒傳進口裡，流入心裏，牽引著走進情的漩渦，甘如醇蜜，忍不住撥動酣醺的心。姿態翩翩，心中存在著的，意難言，內心的空間，只有你才填得滿。

執著這份因緣，與你一人相遇，再把纏綿延續，生命因你而豐富。

陽光似水波一般亮麗的溫柔，在風裡閃動著晶瑩的金浪，响晚的落日亦染紅了你的笑臉，一抹斜陽飄進了你閃光的雙眸，面容羞澀地低垂，一切的一切，盡包含在無言無語中，而倔強的心，抵不了思念之情，相距遠，心相繫，只是固執的心不願承認。

仰首，月的容貌更亮更圓，唇底濕潤，幾多憂愁，反映出眼神如此的淒涼，轉頭，臉頰摩擦著衣領，回顧，往事如雲煙，心兒已滌淨。

之二

你要來，我靜靜的守候！

原野青青，郊野是最賞心悅目的地方，清風飄飄而來，在微風中，細細低語，刻意地尋夢。

你來了，四周的牆壁都寫滿了希望，擁住快樂的來臨，而你無言以對，滿腔的焦慮，神情蠢蠢不安，敏感的心，深感納悶，多麼地難以釋解！

慣性地岑靜，由眼底匆匆滑過，心情之感觸，有著踏實的感覺。

之三

盼著晴藍，心中依然記掛些許，憶昔，不勉驚悸，駭恨悲傷，有著憂愁與不快樂，一條條的阻遏，遏制了一次次的抉擇，平凡之輩，卻有著不平凡的身價，聞之愀然作色，為之戰慄，進與退之間，茫茫然不知所措！

訴懷

無限壯美蔚藍的天空，一朵朵雲彩飄來飄去，鳥兒亦以薄薄的雙翼，靠著堅定的心智與毅力飛翔著。

陽光片片，春芽嫩綠枝也柔，舞過的春風，笑臉盈盈，天然清新的韻緻，那麼令人流暢的神采，於遠離塵埃，更能保有一片清澈。

想拋棄塵囂，卻壓抑不住心中的思維，克制不住心緒，悄悄地思憶，昔日的生活片段，銘心的回憶總會在不經意的時候浮現。

離開故鄉之後，十餘載沒有與海為臨了，思及農舍前，藍瀲瀲的萬頃大海，空闊澄靜，大片的天，大片的海洋，人像被一種清澈吸引，有時在海邊漫步，接觸海洋，把眼睛觸進湛藍裡，看流水石隙間奔流，聽流水激發出宏亮清脆的聲響，輕輕地，心頭蕩出了漣漪幾許。

揮別，搭乘船艦，忍不住回頭看那無語的山山水水，愛戀的情愫在心底深處迴盪交流著，仰看藍天白雲，願心中的不樂與不捨，不會感染到它的眉梢，每個沉思，都是不可碰觸的鄉愁！

來時，蟲鳴在大自然的懷抱中低吟淺唱，陽光閃耀，蟬雀嗚嗚的夏日裡，擁著綠，擁著西洪，再見廣大的綠之園，歡喜讚嘆得情不自禁。

享受著心靈的滋長，鄉野輕輕緩緩的誘我入懷，低訴著衷曲的纏綿。

波浪的輕柔，高貴而自然，圈圈相思，惱人心靈。聞輕逸的髮香，纖美而溫柔的手，撫觸著額頭，撩起腦後的長髮遮於面，靜坐無語。

滴滴朝露，變成一顆晶瑩光澤的珍珠，而晶亮的眼睛迷濛，已經有淚水灑在山徑上了，也許只有淚水，才能將些微往事拋開、隱沒。

天上飄來了霏霏細雨，一圈圈的漣漪，綿延無盡，凝窗視雨，無邊的細雨化為了點點的愁思，細雨灑灑，心思冉冉，輕吐著縷縷，漸漸地，看到了那對充滿靈性的眸子，慢慢地跌入了記憶的深淵！

每一陣腳步，都以為是喜悅的來臨，所以因等待而焦燥，而相見不逢時，似一陣風，又好似一朵雲彩，轉瞬間煙消雲散，頃刻，翩翩的無影無蹤，突然間陷入了憂鬱的困惑中！

天上蔚藍一片，雲霞亦飛到遠方去了，夜幕漸漸的降下，許許多多的星星，也漸漸佈滿了天空，星光閃起，群星在夜空織夢，遙遙仰望，耀眼的星群，閃閃發光，顯得醒目。時光匆匆，每天都在成為過去，儘管容易消失幻滅，在心中，只要懂得珍惜。

瞧！綠的芬芳溢滿心房，整個綠佈滿了我底心湖。

鄉情組曲

這片濃濃的深綠，浸滌和滋潤著我，在這沒有邊際的青翠中，心情平靜而恬適，它給了我思維的力量，安定的生活及美的收穫，住在鄉居的日子是豐盈的，雖然它沒有都市櫛次鱗比的樓廈及繁華熱鬧，然而，它的幽靜，卻是令人心曠神怡的。

❖ ❖ ❖

潺潺的小溪，溪水清澈見底，它靜靜的流向遠方，流動著清清碧藍的流水，就像流動著一曲心的曲子。

❖ ❖ ❖

沃腴的田野，生機盎然，看幼苗一株株地滋長、茁壯，聽農夫催促著耕牛的吆喝聲，田土隨著他們行過而翻起，村婦們不停地澆水、鋤草、施肥，於田野間，我們聽到生命，體會到生命的接連，勤奮的人拾得了成果。

曾經，許將軍、武將軍、倪將軍蒞臨這小小的農莊，見農家子弟露出黝黑的皮膚於太陽底下，以粗壯的臂膀在芳香的泥土上，竭力地揮著鋤頭，汗水一滴滴的淌下，滴滴落入泥土，以一顆小小的愛心，照顧著那一片新希望，將軍們大喜，與農家子弟們合影留念，返回後，許將軍即令侍從官送來茶葉、蘋果、水梨，以示嘉勉；當鋤頭再揮動，綠油油的一片呈現眼前時，臉上露出欣慰的笑容，亦感謝將軍的厚愛！

❖　❖　❖

廟宇，香火鼎盛，是農民們心靈的依歸及信仰中心，也是維繫人與人之間感情的一座橋樑，佇立鄉野間，善男信女們於放下手邊工作後，即穿梭於大小廟宇，虔誠地膜拜，祈求國泰民安，也祈禱這一季的滿山蒼翠、滿滿的豐收。

❖　❖　❖

一望無際的海景，有時靜默如鏡，讓人悠閒自在、快樂又逍遙；有時怒濤洶湧，翻騰滾滾的巨浪，撞擊岩石所捲起的滿天水花，叫人怵目驚心！

❖ ❖ ❖

細雨紛飛的日子，格外引人遐思，它勾起了人兒陣陣思潮湧進心頭，於煙雨濛濛時，盈盈的感懷；細雨，悄悄的來，輕輕地去。

❖ ❖ ❖

風輕輕地，似有若無地吹過來，我喜歡這份諧和的寧靜。

微風，輕輕挑亂少女的秀髮，輕拂著憂傷的心靈，多想將那心中的憂鬱，隨著風兒飄散、飄散……。

❖ ❖ ❖

一大片的叢林，高聳的青山，芬芳的花兒，原野上一片翠綠！

徜徉於大地之上，擁有廣泛的田野與山巒，漫步於平疇綠野之間，看看綠意挺拔的樹木，嗅聞大自然的清新氣息，因為山的容貌，田野的旖旎，都是令人留戀與嚮往，見著它，是那麼的悠然舒暢，它使得宇宙間，充滿著青春活力與優美，人們在自然的點綴下，煩憂盡消，換來的是自然力量所給予的喜悅。

❖ ❖ ❖

經過了漫漫長夜，玻璃窗外慢慢現出一道和諧的光芒，門一推開，便有著新鮮的空氣和泥土間所散發出來的芳香味；青蔥的草地上，還沾著珍珠般地露水，顆顆晶瑩光潔。

瞻望東方，太陽輕快地爬上山頭，普照大地，清澈的湖水在朝陽撫照下，波光瀲灩、閃爍不定，而萬物均探首迎那清麗的晨景，希望於新一天的來臨，掌握時間，把握機會，以努力追求完美的人生。

❖ ❖ ❖

夕陽染紅大地，萬縷金光閃爍，辛勞的人兒，挪動著身子，踏著歸心似箭的腳步於回家歸途，而黃昏景緻只有居住鄉下的人才能領略到他的可愛及窺視它的面貌。

❖ ❖ ❖

炊煙，裊裊上升，霎時縹緲而無蹤，它不斷地露展其神祕感，不知從何時起，農家的煙囪絕少冒炊煙，取而代之的是文明的進步。

❖ ❖ ❖

從今朝起，拋開現實生活的煩惱、憂愁和人情的冷暖，遨遊於青山綠水間，陶醉在鄉野的懷抱裡，擷取那安詳的寧謐。

鄉野景觀

鄉野，在瞳眸中，它有著寧謐的氣息與安詳的情調。

寧靜的廣疇大地，青翠嫵媚的山巒近在眼前，在陽光的溫拂下，那玉蘭花樹綻放出一朵朵的花訊，聖潔而芬芳，繞著玉蘭花樹打轉，摘擷幾朵放在胸前的口袋，擁有滿懷的芳香，馨香的味兒在空中流盪。接著，讓花香伴著我，騎著單車迎接晨光，呼吸晨的新鮮空氣，車輪不停地滑動，一個勁地向前奔，山路的蜘蛛網無情地迎面而來，一絲絲的網在臉上，路兩旁的樹葉和小枝們，當微風起，即翩翩起舞，阿兵哥們為了維持秀麗景觀，每天早晚清掃得乾乾淨淨，真是精神可嘉！

水果樹，排排的結滿果實，偶爾，那龍眼樹梢頭，婆娑地輕舞，舞出陣陣顫動的聲音；木瓜的肥碩，掉落一地時，即憨憨的坐在那兒，彎身拾起，彷彿聽到了它的心聲，它想告訴人們，這是穩健而不是超重！一大片的香蕉園，不斷的發出巨大的聲響，定睛一看，原來是葉與葉之間的拍打，那一張張綠色的臉和綠色的身子，經過了一場鏖戰，顯得精疲力竭；雞舍旁的竹林隊伍，每逢下雨，覆蓋於泥中的竹筍就萬頭鑽動，拿著鋤頭、鏟子，挖一挖就可大飽口福，將筍去皮，或煮或炒，其味鮮甜脆口！

粼粼的湖水，垂低的楊柳，那長長的髮絲飄逸在腦後，對對鵝，對對鴨在湖裡游來游去，嬉戲笑鬧，洋溢著快活！

木麻黃的挺拔、俊偉、修長的身段有著堅忍性格及不畏風霜雨淋的精神，蒼勁的林木表露了生命的卓立。

看海的景象，白花似雪的碎浪自遠處奔湧而來，奔向沙灘，奔向大道，有股青春的活力，源源不斷的生命力自然而然地顯露，觀賞其永不止息的奮發力，心胸更闊。

讓靈巧的雙手，採擷那結實累累的花生，一粒粒、一串串，有著深厚的鄉土氣息，烈陽將皮膚曬成古銅色，汗水潤濕了頭髮，輕悄悄地滑過臉、滑過肩，最後濕透了衣裳，身子雖難受，却有著成就感！夜晚，躺在床上，還可嗅到外邊飄來的濃濃花生香，且不斷由窗隙間滲入，散灑在臥房的各個角落。

望向純靜及溫馨的鄉野，這樸實的地方，有著一羣熱愛運動的朋友們，他們選擇了適合自己的運動方法，健康很清楚的寫在他們的肢體，笑容很自然的展現在他們臉上。

湖水綠得深沉，由湖面輕飄過來的微風，有著難以言喻的感觸，湖水受著陽光的照拂，緩緩地顯得耀眼淨亮，更有人持著照相機，將一切的美麗盡收眼底，以留下一些印象。

如果不能拋開現實的桎梏，不妨輕啟心靈底的那扇窗門，展開心懷，奔向鄉野，奔向自然，抬頭看那白雲悠悠，低頭看那鄉野的景觀，你將煥然一新。

鄉野的景觀，在腦海中，點點滴滴數不盡！

園景怡情

腳踩著一條曲徑通幽的山路，路上的泥濘熱情的吻著我的雙腳，穿過樹林，冷不防由背後吹出一襲涼風，倍感清爽，不算短的秀髮在風中輕飄飄的飛舞，我把目光投向田園的那一端，無意間，腳步輕快地飛奔，奔向園中一隅，沐浴在濃濃軟軟的綠蔭下，以寧靜、淡泊之悠然情趣，接近它，觀摩自然的神態，擁抱它，留下一段美好的回憶。

迷濛的煙霧，縹緲奇幻，蘊含了無數神祕！當朝陽發出光芒，臨照天地萬物時，藉著朝陽的力量，透過微薄的煙霧，將一片草香草氣，點綴得含蓄，山與山之間，竟存在著高遠與幽雅。獨坐溪旁，傾聽溪水的清韻，靜觀池魚的悠游，興趣來時，手持釣竿，嘗嘗垂釣者的樂味兒，挺愜意的！這份溫舒，沉醉其中，有著超塵脫俗之感！

點綴偶生空白感覺的人生，不妨踏入園野，步上山巔，將煩憂丟至山下，把歡樂擁在胸懷，且用心靈去諦聽、去體會。

屋旁與路旁長滿了雜草，真是妨礙觀瞻，將雜草除得乾乾淨淨，春天到來，這些不速之客又肆無忌憚地探首，好惹人厭，終於將它們連根拔除，並心血來潮的種了木瓜、龍眼、枇杷、柑橘、芭樂，這座小小的果園，慢慢地，漸次有了結果，首先是芭樂樹開出了一朵朵白色的小花，走過芭樂樹旁，清香撲鼻所吸引，喜愛得不忍離去，待果實圓熟，細細的品嚐那甜甜滋味，是一種無價的高級享受，這些果樹，每顆都被塑造成獨特的風格，它們雖有著不同的形象，但最終目的是一樣的，那就是達到果化及綠化效果。

此外，鍾愛花卉的小弟又買花木及種籽，逐一種下心愛的花卉，雜草叢生的空曠地，搖身一變，成了美麗的「花園」，花圃裡的花，在他悉心照顧下，澆水、施肥、拔草，各種花兒隨著季節的不同，略帶含羞的綻放，一簇簇地漫開，賞其姿容，嗅其芬芳，這些花朵，繁花似錦，百花爭豔！

心情不好時，沿著鄉間小道漫步，賞賞花、看看樹、聽聽鳥鳴，許多愁煩悶氣都在這園藝小景間消除殆盡。

極目觀望料羅灘

腳踩料羅灘，飄飄欲仙！

午後，醫院的坑道口，人潮湧往！由護理科承辦的「烤肉活動」，吸引了眾多醫護人員的參與，護理主任明儀姐的盛情邀約，又於先生的鼓勵下，親睹了這場盛會！

下午三點，由醫院出發，兩輛車子，滿載人群，興高采烈地，抵達了「海龍蛙兵」駐紮之處—料羅灣，於廣場，我們依序下車，樹蔭底下，設有四處烤肉攤，旁邊一塊小桌子及置放於地上的大臉盆，放滿了食物，逼近時，香噴噴的烤肉香傳來，叫人垂涎三尺！而烤肉架上，內容物之豐富，可謂色香味俱全，它包含了玉米、大蝦、香腸、肉片、貢丸、花枝丸……等等，許多人朝攤位走去，捲起了袖子，忙了起來，而愛海的男男女女，已迫不及待地朝大海奔去！

適逢假日，難得一遊，先生正巧值班，未能一同出外踏青，心裡好是遺憾，這是筆者頭次丟下另一半出遊，總有愧疚之感！而先生的體貼，他告訴我：「很想陪妳們母女一塊兒去，適逢值日，我有一份責任感，要為自己的工作盡職，反正都是醫院自己人，大家都挺熟，就去吧，去捕捉妳的靈感！」而護理主任亦具有說服力，她說：「這是個正當的休閒活動，我們都希望妳參與，更希望妳的前來，為我們寫篇文章，留作紀念，讓我們的醫護人員，都能為今天的半日遊，留下絲絲回憶。」

攜著愛女，坐上了醫院的車子，拎著二箱飲料，犒賞醫護人員平日的辛勞。車駛過了條條道路，路兩側，叢林片片，綠草萋萋，一陣的車輪轉動，抵達了今日的目的地，放眼而望，看見了生命璀璨的欣然，而剛下過雨的山林，更顯蒼鬱，心頭明瞭，來到此處，將擁有一份思騁的自如，這是為文者，最高興不過的！

兩棲部隊駐紮之處，周遭，擁著濃濃的深綠，而碉堡四處，綠色的油漆與綠色的森林對稱，島上，凡有軍隊駐守之處，幾乎是一特色，目的顯現，不讓敵人發現這重要的據點！

遠眺，燈塔、港警所於海岸的一方，而商船進出港亦於該處停泊，由遠而望，整齊並列！海風拂臉，煞是清爽，往內走去，涼亭佇立，美的詩意！

「兵棋台」──桌椅整齊地排列，兩邊懸掛南雄師「岸至岸兩棲突擊登陸作戰訓練」指（督）導人員編組表，規劃得詳細有加，數步之外，帳篷內，沙包重疊，依序堆放，便知平日，蛙兵訓練之切實！

數步必有崗哨，蛙兵們打著赤膊，在艷陽烈日下，著一條紅色蛙兵褲，腰繫S腰帶，衛哨兵所需之配備，均戴其間，一身黝黑的肌膚，突顯了膚色的健康！

水泥牆上，威武雄壯的字樣，過目難忘──「神出鬼沒，敵人喪膽」、「浪裡白條，海底蛟龍」，我軍蛙兵之臥薪嘗膽，不畏驚濤駭浪，可見一斑！

與淑黎走在濃蔭下，閒話家常，剛由學校畢業，與白雪兩人，是醫院的新進人員，白雪服務於行政組，淑黎則服務於護理科，前些日子，她看了筆者的──「悠閒自在星期天」，至今難忘，一路上，相談甚歡，女兒亦與她打成了一片，走到那兒，都拉著她的手：「姐姐，我們去看海，我們去……」看在我這做母親的眼裡，樂在嘴角，甜在心頭！

沙灘玩排球，別有一番滋味在心頭，院長、副院長、組長、各科室主任及醫護人員，紛紛參與了這項講究手勁的休閒活動，你來我往，手舞足蹈，醫護人員，平日的靜，今日的動，盡情盡興，歡欣雀躍的心情，於陽光下，展露了笑靨！而護理主任、淑黎與筆者，手持著相機，紛紛捕捉這美的鏡頭！

一望無際的海景，有時靜默如鏡，讓人愜意自在；有時又怒濤洶湧，翻騰滾滾，這巨浪，由岩石所捲起的滿天浪花，怵目驚心！當海水翻滾至沙灘，金金亮亮地，而細沙鬆綿綿的，手輕撫，一股舒坦！海裡，萬頭鑽動，起起伏伏，蛙兵乘坐快艇，於周遭維護安全，數十位蛙兵弟兄，亦陪著醫護人員，於茫茫大海中嬉水、游泳。欲睹美的身材，唯獨岸邊細賞，一位護理人員，著了泳裝，朝海邊走去，那曼妙的身軀，在秀髮輕飄的映襯下，楚楚動人，她慢慢地，潛入了海中！我們這群站立於岸邊，只能欣賞，不能輕嘗的旱鴨子，大嘆不如！而多少目不轉睛的目光，直盯著她瞧，若封她為「泳裝美少女」，當之無愧！

由各總醫院前來支援的十位護理人員，投入了為病患服務之行列，這批生力軍、新面孔，亦在今日，參加了這一項有意義的活動，而今日，護理科承辦的這項休閒娛樂，在院長孫上校的帶領下，可謂心懷愜意！度過了半天逍遙自在的時光，平日的辛勞，暫拋腦後，輕輕鬆鬆地，心曠神怡！

近黃昏，金黃色的光，灑落於這片綠色的草原與雄渾壯闊的海，蛙兵們相繼的歸去，只因集合時間已到，而流連於海岸的俊男美女們，亦回到了沙灘，以院長為中心，或蹲、或站地，留影紀念！

飽覽了群山綠水的雄渾壯闊，浸染於料羅灘，這股仙靈之氣，盡入眼底，這綠樹的芳姿，這海水的清暢，所展現出來的容顏，那般的詩情畫意，令人迷！

徘迴料羅海灘，聲浪甜甜，而陣陣鳥鳴，青翠婉囀，這遊山玩水的愜意時光，雖屬短暫，卻是笑聲連連，渾身舒暢！

返家的路上，乘坐於高貴典雅的墨綠色迎賓車，極目觀望料羅灘，露出會心的一笑，幽美之境，靜聆其心，不解之物，請教了院長，他細心告知，筆者於此，又得一常識！

極目觀望料羅灘，身歷其境，雅緻清新！

擷取寧謐之美，和諧景象圍繞其中，難忘料羅灘，初次淺嘗，微醉心中！

溢漾著甘洌香甜

一、喜上眉梢在今朝

苦候之時，坐如針氈，只為籃球賽的來到！

精湛的周末籃球賽，雖然熾熱陽光照射下，體育館內，熱氣昇騰，但參賽的隊伍，各個生龍活虎！

坑道口，人頭鑽動，頂著大太陽，參加比賽的人員，已在醫院外的籃球場上，來回奔馳，勤練球技與體力。伸長著脖頸，觀賞他們英姿，手腳是那樣的靈活、衝勁是那樣的十足，那種感覺，既飄逸且瀟灑！

三點多，抵達了湖小體育館，準備就緒後，先行熟悉場地，醫院選派之菁英及到場加油助陣者數十人，在先生的邀約下，帶著女兒，一同參與盛會，亦過著愉快的週末！

生平第一次觀賞籃賽，一進體育館，好奇心的驅使，東看看、西瞧瞧，眼花撩亂，而館內的不透風，熱浪侵襲，身子骨熱了起來，衣裳黏背，煞是難受！

真誠樸實的一顆心，對球員關懷幾許，一旁助陣。這場盛宴，眾人期待，於四點多開鑼，一番激烈的競技下，你來我往，互較長短，亦吸引著諸多球迷的圍觀親睹！

場上的奔騰，活力充沛，在融洽的氣氛中，發揮團隊的力量，眾人的期待，一陣的喝采！快樂的時光，飛快地在眼前閃過！

球員的臉上，盪漾出甜甜的笑靨，各個興高采烈，此起彼落的歡笑聲，響徹天際！

吸吮著不同口味的飲料，但同樣的甘冽香甜，卻溢滿著整個心懷！

賽畢，已是傍晚，陽光略感微和，白雲蒼穹，神清氣爽！

球員相擁，溫潤沁胸！

汗水滴淌早已忘！

喜上眉梢，歡樂今朝！

二、滿室溫馨快樂情

七夕，濃郁而又溫馨的氣息，遍佈在每個角落裡，氣氛甜蜜！

時代潮流的趨勢下，這天的來臨，尤以受到年輕男女的重視，同事間，好多人收到鮮花、巧克力、情人卡，她們的感覺是：「好窩心！」

情人節前夕，依舊穿梭在病人之中，忙得焦頭爛額之際，忽有一人言道：「我想送妳一張情人卡，以表心懷，可以嗎？」

一陣愕然，我這有夫之婦，可得謹守分寸，立即回覆道：「抱歉，你找錯對象，我已是一個孩子的媽。」

他聽懂了我的話語，紅著臉，一句對不起後，立即離去！

許多同事問我：「先生情人節時，送妳什麼特別的禮物？」

「一顆心！」

先生的忠厚，我的古板，配成了一對，婚後數年，幸福美滿，工作及家庭的盡心盡力，相互之間的體貼關懷，便已足夠，何須多求？

他在軍醫生涯裡，公務的需求，每日的繁忙，做妻子的我，常感心疼！

夫唱婦隨地，同在一所醫院工作，常看他累得臉色蒼白，忙得汗流浹背，於心不忍時，總會嘮叨兩句，而他，滿懷笑面，要我放心，他會珍重自己，而為國家、社會盡份心力，乃軍人本色，說得我無言以對。

避風港內，依偎在暖渥的臂膀，懷抱珍惜，心存感懷。

人間之愛，有著包容及關懷！

夫妻之情，相互珍惜，必能生生世世。

踏實的腳步，經營家的完整，細心呵護下，建立家的圓融！

快樂的愛、快樂的心，滿室溫馨。

溫馨甜膩除夕日

寒風抖衣襟，繽紛細雨飄面前，構成了一幅蕭瑟畫面，亦增添幾分淒美！除夕，顯見涼意許多，在這團圓的日子，多少遊子離鄉背景，因任務的關係，未能返家與父母、妻小團聚，心憂憂！亦有堅忍者，將小愛化為大愛，把傷心哽咽的情懷收藏，敞開胸懷，以和睦的氣氛，共同慶祝這甜膩的日子。

每年除夕，醫院裡，多少的醫護人員及朋友們，他（她）們犧牲假期，未能返台與家人團聚，身為金門人的吾倆夫妻，觀這良辰美景，一樣的景緻，不一樣的心情，感觸良多，更由心底，對他們的奉獻精神，敬慕萬分，於是，夫妻商議之後，雙方下了一個結論，就邀同仁到家裡過年，增添年節氣氛。數年來，我們樂此不疲，尤以在廚房與餐廳穿梭之間，親手烹飪出的菜餚，得到了讚許，漲滿了喜悅，我告訴自己，一定要把最好的呈現給大家，因為，他們是無名英雄啊！

在長官的邀約下，夫妻倆，帶著女兒，一同參加醫院由政戰處主辦的除夕聚餐，醫院的餐廳，位於坑道內，走了一段筆直的路徑，向右轉，便是醫護人員，平日解決三餐的地方，一腳踏入，這餐廳，在官兵的協力佈置下，顯得美侖美奐，當我們入內，勤務隊的阿兵哥們，已在政戰官的帶領下，整齊有序地排排並坐於後方，而軍士官及醫護人員，亦都入席，在談笑風聲裡，暢所欲言，溢滿著快活！

數位偉大的眷屬們，不畏寒風刺骨，在冷風瑟瑟的氣候，攜著兒女，背著行囊，抵前線，與夫君共聚一堂，在這場晚會裡，溫渥會場，笑語浸心窩，亦引來多少欽羨的眼光。

除夕晚會及慶生會，二者一併舉行，由內、外科護理長擔任司儀，簡單隆重的儀式後，院長除頒發壽星禮券之外，並做了一番致詞，感謝同仁們這一年來的努力，亦願來年更臻完美；而院長夫人亦不畏辛勞地，由台來金，與大家共渡這美好的日子，夫人的高貴自然，不矯柔、不造作，她的步履輕盈，她的氣韻不俗，一樣身為軍人婦的我，除讚嘆外，亦要好好學習！

晚會時刻，邊聚餐、邊進行摸彩，十數桌的年菜，由山外某家餐廳包辦，約有十道菜吧！海鮮類，筆者無緣品嚐，只怕皮膚過敏，精神科主任笑道：「跟妳坐同桌真好！」「較有口福哦！」筆者輕鬆回答。

談及參與晚會，除數年前，電視台及大眾周刊，至擎天廳辦了一場勞軍晚會，筆者應邀接受訪問之外，留下深刻印象，返家後，特寫了一篇千里迢迢來相會——「擎天聚首」，刊登於報上，以後的任何晚會，心頭只想到以家庭為重，再亦不曾參加，而這回的再次聚首，除長官的邀約，更有先生的邀請，意義非凡！

晚會由處長吳中校主持，吳處長妙語如珠，喜悅傳遍，整個會場熱鬧無比，這樣的氣氛，這等的和諧，融為一片，數十個彩品，一一抽出，幸運中獎者，喜上眉梢，為了今晚的隆重演出，處長於下午，特地至理髮廳「整修門面」，傍晚見面時，處長相迎，我們夫妻倆異口同聲地說：「處長年輕好幾歲哦！」處長答道：「過年嘛！」雙手在鬢邊摸了摸，非常滿意今日的造型哦！

當欲抽出第五獎時，吳處長言道：「第五獎，就由文字類的來抽出，我們歡迎蔡上尉夫人上台，為我們抽出，夫人榮獲今年陸軍文藝金獅獎，散文類銅獅獎，為本院爭光……」，掌聲如雷貫耳，心曠神怡般地上台，抽出了第五獎，由護士呂本慧小姐獲得，呂小姐一上台，和她握手致意，道恭喜，二人並合影留念，她再三的感謝，我亦為她獻上祝福！

得獎，對為文者來說，是一項莫大的鼓舞，寫作數年，得獎座乃是頭一遭，讚許與肯定，溫渥了心房，院長孫上校，特頒獎金祝賀，從院長手中接獲紅包袋，我心是熱的，手卻是冰的，真是既興奮又緊張！

筆者以散文類，「佇足睹賞花崗岩」，描寫國軍八二〇醫院（亦即金門花崗石醫院），內外之人事物，角逐陸軍文藝金獅獎，非常幸運地，榮獲散文類銅獅獎，除得獎座之外，並有獎金，消息傳來，欣喜無比，此獎項，將於二月二十六日於台頒發。婚後，有了小孩，已近半歇筆狀態，對創作，又燃起了雀躍心情，心頭暗想，或許上蒼不願我太早擱筆吧？

難忘除夕日，多少誠摯貼切的關懷，盈繞耳際，亦溫潤心底！

寧靜的臥室，溫馨的氣氛，舒適自在，神意盈盈，我又徜徉與泛遊於抒情詩篇！

痴情的男孩

初夏，偶爾還是有著些微的寒意，夜晚，飄進了窗的小隙，有點寒冷而且顫抖，輕拆他寄來的信，字裡行間，流露著真情，從相識的第一天起，即表明了態度，二人只限於普通朋友，奈何，他的感情領域裡，卻是如此的執著，他的一見鍾情，猛展攻勢，她退避三舍！

多年前的台灣之旅，擔任隊長的他，唯獨對她留下深刻印象，那段團體生活的日子，她走在前頭，他總是跟在後頭，她走起路來，渾身不自在。而於月光下的那一場盛會，無污無塵的境界清淨，帶著幾分神韻與靈氣，波浪輕柔的粼粼月光，安詳的透著淡淡的光彩，浸染了歡樂的氣氛，螢火蟲亦於草叢飛舞，相映照，人人手中一瓶易開罐咖啡，拉開拉環，插入吸管，吸吮著它的芳甜滋味。笑聲，一如孩童的天真喜悅，盡情地追趕跑跳，有些稍嫌呆板不生動的臉龐，於歡喜下，遂有了奕奕的神采。

散會後，粼粼澄澈的月光依然，笑吟吟的道謝主辦單位的深情款待，多少玩笑已隨風飄去！

不多久，天空飄來無數的綿綿細雨，雨絲輕撫面頰，遊覽車及時來臨，將一大票人馬載回活動中心。路上，一盞盞的路燈亮起，柔柔的燈光，祥和的燈影，粧扮出與白天迥然不同的款調來，雨中雖有些模糊，光芒仍然閃爍不停，燈雖小，卻指引著來往人群，走回溫暖的家園，回到棲身之所。

接下來的候船，於學院，常常白天下雨，晚上亦下雨，晚間，雖然看不見雨水滴落的曼妙舞姿，但清晰聽見成串的雨珠滴響，夜雨繽紛的夜的旋律！

暈倒的那一夜，他徹夜未眠，眼眶閃爍著淚水，於隔日，他起了個大早，知道沒事了，才放下心，又於遊覽車上的歌藝表演，手握麥克風，以高亢的音調，唱出「男性不是沒眼淚，只是不敢哭出來……。」全車的目光投向她，一時耳根灼熱。

返回後，頻頻去信與探訪，這麼癡情的男孩，叫人感動，只是，情感之事無法勉強，如他所言：「我是真心愛妳，這段日子，我的心靈空虛，就像活的死人，我也知道男女之間的感情，一廂情願是沒有用的，到今天我無法忘掉妳，多年前為了擁有妳，表達的方式太急迫……。」

為一個人朝思暮想這麼多年，實在難熬，但兄妹之間的情誼，難發展男女之間的情感，多年前，她拒絕了，多年後，她依然無法接受，一心一意，只願癡情的男孩，將她忘了，別再單相思，亦別再孤獨的守候！

農作稻物滿田香

鄉間，無都市奢華、喧囂、污染之煩，到處充滿著芳香的泥巴味。其田園風光，宛如仙境，只要置身於此，摟著詩意盎然之園景，定能忘卻世俗之煩惱，滿懷喜悅之心！頓時，迷惘、惆悵之心境亦隨著踏實生活而不再！

民國六十五年，全家人由故鄉——烈嶼（小金門），至大金門墾荒，來到這陌生又被喻為鳥不生蛋的地方，飛沙走石，雙親勉勵兄弟姐妹們：「我們過一江水，要佛爭一炷香，人爭一口氣，無論如何，人窮志不窮，腳步既已跨出，就得立下決心、刻苦耐勞，只許成功，不許失敗！」

諄諄教悔下，鼓起勇氣、克服萬難，重重的險阻，抵擋不住向前的路！

父兄們，先是克難地蓋了一間簡便的工寮，吃住都在那兒，再集中人力，將周圍蓊鬱的樹木根除，而後靠著圓鍬、鋤頭、畚箕、犁牛，將田地剷平，以便日後種植農作物。

耕地貧脊，又受限經濟，父兄們只得靠著雙手，扁擔、畚箕，一次次地將沙子扛走，又一次次地找來「紅赤土」，一遍遍將田地翻來又覆去，人力、物力、財力，損耗甚鉅，但這些花費是值得的。數年後，辛勤的耕種有了結果，田間農作物欣欣向榮，令人欣喜萬分，完成了不可能的任務！

聞者一傳十、十傳百，因記者的蒞臨，報紙與電視打響了知名度，恬靜的農莊熱絡了起來，三天兩頭，就有參訪團的到來，一句讚美，內心都會受到莫大的鼓舞！

歷任的司令官、祕書長、縣長等，多位長官也經常到寒舍，嘉許父兄的表現，印象中，吃過最大顆的蘋果和水梨，就是來自諸位長官的贈予！

種田人家，能獲青睞，心懷感恩，許上將離金，父親懷念；武將軍返台，同樣思念。那愛民如子之心，永銘在心，尤以農莊內的村民，無晒穀場及交通不便，農路又崎嶇不平，軍管時代，武將軍立即要求縣政府建設科，儘速將原有之泥巴路（亦即土路）改為水泥路，受惠農民稱謝不已。從此，家後面的水泥路，一方面可供行人、車輛行駛，另一方面，在農忙時刻，可兼作晒穀場，一舉兩得！

荒蕪之地成了綠野青青，那田園的情景，愜意感人，它的淳樸，是繁華市區所望塵莫及的；豐收的季節，人人臉上綻放出欣悅的笑意，將豐碩的收穫描寫在笑靨上！

一公頃半的農田，種植的紅豆、綠豆，成績還不錯；木瓜、香蕉、龍眼、枇杷……等水果，粒粒飽滿；小金芋頭為主要作物之一，鬆軟可口，每年的銷售量數目可觀；玉米則飼養土雞，碾碎後可做為飼料飼養豬隻；花生拔除後，可煮、可炒，是生產金門貢糖的主要原料；高粱採收、晒乾後，不必費神，酒廠照價收買，一斤高粱一斤米；除此，尚有甘薯、馬鈴薯、一條根……等，真是農作稻物滿田香哪！

瑣碎片段生活事

之一：農作稻物滿田香

風光秀麗，綠油油的曠野圍繞其中，殷殷照拂，升起一股迴流，被和諧的氣氛包圍。鞋蹬重，挪過身子，翻山涉水，徘徊流連，向田野處尋覓，重溫一段美的記憶，內涵，豐富而精彩。

所謂：「勤勞的吃力，懶惰的吃痰！」欲見滿園蒼翠，作物搖曳，須下一番苦力。

之二：拍攝紀錄片有感

由台抵金的製作、導演、攝影及工作人員等一行，實地拍了一段園藝之美，應邀軋上一角。

今日金門的發展，農林漁牧均一片欣欣向榮，而園藝方面，更有人不惜投下巨資，佈置下，猶如仙境般，惹人憐愛！

「無三不成禮」，NG三次，終於過關，只因第一次瞄著鏡頭，第二次走太快，鏡頭的旋轉跟不上，第三次則是一婦人搶了前面，擋住我視線！

意外，熱情村民欲索取簽名照，與工作人員們，互望一眼，充滿疑惑！

當導演等人詢及，撥個時間，大家談談時，急忙搖頭，想幾秒鐘的鏡頭，在螢幕上一掃而過時，卻要花好久的時間，來回的排練，要好多次才能拍攝完成，想來，實在太累！

之三：難捨依依離情訴

相見笑盈盈，別離淚漣漣！

旅台多年的兄長，攜家帶眷的歸來，原本，情誼便不淺，能相見，實在是一種願望，而今不虛空，他們真的回來了！

小朋友們，左一句姑姑，右一句姑姑，聽了心頭好溫暖，他們雖黏人，我卻樂於與他們膩在一起！

夜晚，與兄嫂對坐，聊聊台金之間的不同，亦談他們工作上的辛勞，望著小朋友所露出的手臂，渾圓柔嫩，肌膚豐碩，面上，又露出欣慰的笑容！

笑聲相融，歡樂處處，被和諧的氣氛包圍，這幾日，心情十分的開朗！

離別，空氣沉悶得教人窒息，滿屋靜寂，沉默地相望！

兄嫂殷殷關拂，小朋友身旁圍繞，人人臉上，一雙瞳子，水漾清澈！

提著行囊，置入車箱，車旁叮嚀，多多返鄉。而此刻，淚已滂沱，掩面而泣，離情的難捨依依，竟是這般，珠淚汪汪！

之四：彼端語聲耳中傳

自二哥結婚之後，因工作關係而赴台，在這多年間，二嫂與我，書信一直來往頻繁，偶爾，我亦會將作品影印給她，閱讀之後，她總會來函告訴我，她的感想，並且，時而信中鼓勵，給予加油打氣！

二哥則因工作忙，無法常常給我來函，而在二嫂的信中，寫上幾句問候語。

當台金長途電話開放，彼端，有著二哥親切的聲音，語中關懷，感到窩心的溫暖！

多年不見，思念心切！

何日相聚？吾心渴盼！

篇篇馨香

花開滿庭園

香婉嬝娜的花兒溫馨嬌柔，飄溢著淡淡幽香，芬芳的花香溢滿心房，美麗的花朵，開滿庭園。芳郁的花香，可愛的花兒，倩影款款，掀起微微漣漪；在微風的飄盪裡散發著芬芳，香氣盎然。

春曉

天朦朧亮起，曉霧未散，炊煙嬝嬝而升，一陣朝氣迎面吹拂，神清氣爽；清幽的清晨，有著一股濃郁的鄉村韻味。

一縷晨曦，一片朝陽，一滴露水，都洋溢著跳躍的活力！那花香、鳥語、和風，使盎然的愉悅盈滿胸懷。

親吻泥土的芬芳，聆聽萬物的滋長，體會大地的生生不息，探取它所深藏的奧妙，心靈得以充實。

霧

草原凝結一層薄霜，雙腳踩過，沾滿了露珠的清涼，頓覺淡雅與飄逸！

輕霧舒吐，在山谷中盤旋迴繞，飄忽來去，時聚時散，而遠山含羞，蒙上一層面紗，迷濛裏，青翠的山林，亦昇起一縷縷悠然飄飄的霧，有種朦朧之美！

雨

滴落成水，大地縱然有塵埃無數，亦該洗淨了！

碧草如茵

草色青青，隨風的韻律，輕移腰枝，輕躺草坪，既賞它的款款弄姿，亦賞蒼穹悠悠漂泊的朵朵白雲，極為舒適！

草兒生命力堅韌，不怕風吹，也不怕雨淋；綠茵芳草，帶給原野綠意。

鄉野

它的璀璨，活潑了整個大地，帶著詩韻與甜美！

大地永遠帶著油然的綠，綠油油的稻田中，有著稻穗的馨香，而小徑幽幽，野花送香，花香滿佈。

沃野平疇，舉目無限，它的旖旎綺麗，風光明媚，即是一幅美麗的圖畫。

音樂輕柔

和風送爽，悅耳音符飄揚，一曲音樂心花怒放，心靈滋長，笑靨臉上綻開！

溫馨家園

寧謐的世界，細細啜飲，悅耳的笑聲，和煦幸福！每個家庭，都有著一種微妙的溫暖，幸福之火在彼此心中燃燒，散播著溫馨的暖流，滋潤著幸福的泉源，只有祥和，沒有暴戾。

涓涓細流

拭去乾旱，流串在叢山小徑，浮現它的清幽淨美，它的水，營養了一畦畦的園圃，轉眼間，憔悴欲息的葉綠盈盈。

潺潺不息，緩緩流入，水性流動，日夜不歇，只為大地！

山巒

青翠山巒，蒼鬱挺拔；廣闊胸膛，峯間相連。

夜涼如水

夕陽已西沉，晚風徐徐飄，夜深沉，人聲息，風清冷，月色淡，肌膚加深敏感度，含著絲絲冷冽！

寧靜的氣氛，舒適自在；自然的韻律，優美和諧，恰是抒情的詩篇，一種說不出的美妙情懷擁入心中。

離愁

忍住奪眶的淚水，笑得無奈與淒涼，躑躅腳步，揮手道別，望著離去的人影，染著淚痕點點，纏著憂鬱沉沉，別離後思念裝滿心窩！

落葉片片

落葉繽紛，一陣飄離，一翻拂抖，傾瀉底，有著哀怨與淒涼！

柳樹輕擺

枝葉流垂，婀娜有致，欣賞綠楊垂柳，沾著一身綠蔭。

踏青

徜徉紅花綠叢，醉飲春光，無拘無束，捕捉鄉野靈感，描繪鄉野形象，徜徉和泛遊，盡情盡興。
野外郊遊，身心陶冶，心胸開朗！

夕暉

時間的暖流緩緩地滑過，泛散著閃閃爍爍底金波，天邊染紅暈，雲彩繽紛！
晚霞滿天，夕照柔美，餘暉閃耀，徐風醉人！

炊煙

囪口冒出，活躍縹緲，無垠無涯，悠閒飄逸，盡情吐露樂陶然，可惜，霎時間飄渺而無形！

凝眸處

任何時候，任何處境，擷取靈感，自然地表達出來，用易感的心、描寫的筆，道出心中的感受，讓美麗的辭藻，刻在心坎！

垂釣之樂

年輕人手持釣竿，靜坐湖畔，心無旁騖，悠閒自在，魚竿在萬頃碧波中，忽靜忽動、忽起忽落，游魚亦從容浮沉，悠然而逝。他的舉止間流露著笑意，釣姿是那麼的溫和。

性情的陶冶，甘於淡泊，真是一件好事！

輕歌曼舞

晚風翩翩起舞，田間亦神意盈盈，拂起了粼粼如海波盪漾，與天邊晚霞相映，小女孩輕哼著輕快的歌曲，翩地起舞，我俯視底深瞳，繚繞著她的千萬容姿，一派靈巧輕倘的架勢。

她的臉綻放著青春的喜悅，她的跳躍是活力的象徵，好可愛的女孩！

醉仙

淡淡的夕陽下，空氣中彷彿流動著醇美的酒香，騎著輕快的自行車，欲向回家的路途，轉彎處，聞鞋響漸行漸近，心中油然昇起的，不是凜冽、不是蕭索，而是一陣椎心的驚悸，醉仙手持佳釀，衝著酒香，面帶微醺，透著醉意，腳步踉蹌，在昏黃的夕陽下，走走停停、停停走走，之後，鞋響漸行漸遠漸逝。

醉過方知酒濃，飲著酒，飄飄欲仙，影子是如此的虛浮，步伐是如此的不切實際，欲感酒的甜美醇醉，淺嘗即可，愈是好酒，更宜低飲淺酌，喝得酩酊大醉，徒然辜負寶貴佳釀。

拾荒的老人

他的臉孔滿佈風霜，穿著一身樸素的衣裳，牽著一輛老爺車，足跡踏遍大街、小巷與郊外，撿拾人們棄於各個角落的空酒瓶、破銅爛鐵，雖然一個空酒瓶才五角，而破銅爛鐵也不太值錢，但這些都是「銀子」，日積月累，熬出頭來，生活終於獲得了改善。

年又一年不回頭，流走的正是歲月、時間與金錢，在生活富裕，端起滿杯而飲時，亦得克勤克儉。

咀嚼日常生活中，酸、甜、苦、辣、鹹，這些熟悉的滋味，更應有所體會。

撿拾生命的稻穗

一

田園孕育了我寫作的靈感，滋潤了我心園的綠意，也增進了我的生活情趣，它是我心靈上的小天地，日夜伴著我，啟發我的靈知，讓年輕的歲月在它的沐浴下，精神抖擻！

二

寧靜廣疇的大地，在瞳眸中，有著寧謐的氣息與安詳的情調！

三

青翠嫵媚的山巒近在咫尺，那山巒交會的地方，峰峰相連，再遠處，更是青山蒼蒼，綠波盈盈，而眺望蒼穹，仰望那幽邃的藍空，它的優美佳景，引人入勝，我無法形容它有多美？因為只有畫家才能真正描繪出這令人嚮往愛慕的真實景緻！

四

旖旎風光的田園地方，從嘹亮悅耳的鳥語，璀璨變幻的朝暾及沃實芬芳的泥土和一株株嫩綠的幼苗裏，明顯的看出欣欣向榮的盎然生機。

五

當清晨的朝陽向世界發出第一道光芒，整個宇宙亦就從黑夜的沉睡中甦醒。騎著單車，在曦光的照耀下，迎接晨光，呼吸新鮮的空氣，腳不停地踩著踏板，車輪不停地滑動，不斷向前奔馳，人兒覺得輕盈飄逸！

六

高大蒼勁，蓊蔥幽深的林木，它的挺拔、俊偉、修長的身段，有著堅忍性格，表露了生命的卓立。

七

望向溫馨的田園，歲月在老農的頭上留下白髮，在村婦的臉上烙刻皺紋，他們逐漸老邁，這是不爭的事實，但條條的皺紋與根根的白髮，卻是他們智慧的結晶與珍貴的經歷，看村婦以靈巧的雙手，採擷滿籃豐美的果實，觸摸著心血的結晶，充滿母愛細柔輕撫的神情，多麼令人感動！

八

湖水清澈極了！湖面靜得像一面不染灰塵的明鏡，倒映著青藍的天，由湖面輕飄過來的微風，有種難以言喻的感觸，湖水在陽光的溫拂下，耀眼淨亮，使人覺得心靈也明澈起來。

九

海的景象是多變幻的，有時靜得出奇，有時充滿青春活力，常看到白花似雪的碎浪自遠處奔湧而來，它的源源不斷生命力，盡收眼底。尤其乘船搭艦，身在汪洋大海，觀賞其永不止息的奮發力及海風帶來沁涼的快感，別有一番滋味在心頭！

十

龍眼樹梢頭，婆娑地輕舞，舞出陣陣顫動的聲音，待在龍眼樹下，伸手摘取，去殼後放入口中，其味甜膩如蜜，回味無窮！

十一

如果不能拋開現實桎梏，不妨輕啟心靈底的那扇窗，展開胸懷，奔向田園，抬頭看那白雲悠悠飄過，低頭看那田園的景緻，讓它塞滿瞳眸的視野，盡情抒懷！

十二

明知將深情埋在心裏是一種痛苦，但我不後悔，亦不想後悔，因為你存在我的心域，縱然不能相守，我也滿足，畢竟，快樂的日子，我曾擁有過！

瞬間擷採鄉野間

之一

屋前不遠處，一愛好運動人士，每個黃昏，當微風拂面，涼爽舒暢之際，細賞他的獨特運動法，他將網球用細繩繫上，再固定於地板，就這樣，獨自一人拿著球拍，揮了起來，有模有樣的練習方法，數日下來，揮拍姿態，精進不少！

對於愛好打球，又經常覓不著興趣相投之球友，不妨試試這種方法！

之二

島上的鄉村，小道路為之不少，以往，在駐軍的環境維護之下，樹枝的凌亂及草木的競長，幾乎不常見。而今日，放眼而望，除大馬路依舊整淨之外，鄉野間的羊腸小徑，不是為樹枝所遮掩，即是因路兩側，青草的蔓延而至，對於路與溝的難以分辨，危險至極！

之三

炎炎夏日，正值西瓜盛產時節，鄉野間，處處聞西瓜農的採收，更有於馬路邊，擺設小攤位，吸引了不少來往之過客的品嚐及購買，辛苦的瓜農，掙得了些微的利潤，卻眼看西瓜的價格日漸跌落，有說不出的心酸！

之四

那天在計程車上，一位女駕駛告訴我：「我知道妳的筆名，我小時候看妳的文章，現在出了社會，仍舊是妳的忠實讀者！」

聽了這位黃姓女駕駛的話：「從小閱讀到大！」猛然有所悟，歲月不饒人，我已有一把年紀了，是該保養的時候了！

之五

前陣子在山外街道，一清秀女孩很有禮貌地問：「見了妳幾次面，好想跟妳做朋友，一直不敢開口，不知道妳……」

「可以啊！」我笑了笑。

這女孩叫「秀萍」，數月以來，偶爾有空，她會撥來電話問候，暢談她生活上及上班時的種種，她乃一未婚女孩，祝福她覓一好歸宿！

醫院見聞錄

之一

這一波的病毒感染，小兒子又搭上了它的列車，兒子呀！你沒事跟人家趕什麼流行、湊什麼熱鬧呢？為娘的心疼呀！

兒子嘔吐得厲害，腸子咕嚕咕嚕叫，直燒四十度，做媽媽的嚇破膽，萬一頭殼燒壞，這些年的辛苦做人不說，如何對得起列祖列宗？

屋外冷風瑟瑟，身子不寒而慄，將孩子送進了醫院，在護理站挨了兩針後，終於到病房休養。醫院一床難求，病房已客滿，更甭談單人病房，新開放的一間六人床，新裝璜，有如飯店一般！地區的兩家醫院，已合併為一家，許多在花崗石看診的病患，怨聲載道！

半夜，救護車響徹雲霄，又來了一位病毒感染的孩子，八十歲的外婆紅著眼眶，跟我細訴愛孫的難過，但愛孫心切的她，外孫不吃藥，她也不勉強，只一味抱怨：「還是榮總醫師好！」

「婆婆，他不吃藥，您要強灌，不吃藥，直抱怨醫師不好，神仙亦救不了！」我直言。一番勸解，婆婆聽進去了，終於強灌孫子吃藥，我也到護理站幫她拿冰枕，當愛孫好轉，再見主治醫師：「主任，謝謝你喔！人真好。」這前後判若兩人的老人家，真可愛！

婆婆吃齋，三餐外面買，每回要出門，都會交代我，幫她看好孫子，幾餐素麵，都會幫我準備一碗，吃葷不吃素的我，謝絕了她的好意，況且，幫人不該求回報。

每回上街，她都會買一大堆東西，她說：「我家什麼沒有，就是錢多。」聽在耳裡，我一點也不羨慕。但是，看她每天買一堆，吃不完，立刻丟掉，實在浪費，「婆婆，您這是暴殄天物，這樣不好喔！錢多，可以造橋鋪路做善事，這世上，有很多角落裡的許多人，三餐不繼，可以幫他們呀！」

我說我的，她做她的，此時此刻，孩子適合吃白吐司，打了電話給孩子的爹，上班前繞超商購買，上面有製造日期，保存期限很多天，吃得安心。可愛的婆婆呀，昨日吃不完，今日仍舊擺在桌上的，您竟好心的幫我扔了！我的心好痛喲！可您說話了：「小姐呀，東西別吃隔日，不新鮮，我家就是這樣。」我家不是妳家，我不是阿舍呀！今日再買，我一定要把它藏好，別再給丟了，浪費呀！

婆婆說她有很多珠寶，她把它們藏在腰間，隨即拿出了一條項鍊和一枚戒指：「小姐呀，這是藍寶石，妳戴看看！」

「我是平凡人，不戴這些東西的，您快收好。」我退避三舍。

「沒關係，妳戴戴看，我很多這種東西。」

「我不喜歡戴這些寶石，身份也不適合。」謝絕了她。

婆婆每天逛大街，萬一掉了，我們同一病房耶，好想回家哦！

又來了一對年輕夫婦，他們家的小孩，同症狀住院，孩子生病，應該憂心才是，安頓好後，年輕的爸爸，拿BB槍給孩子玩，右瞄瞄、左瞄瞄—發射。千萬不要射到孩子和我，歲月已在我臉上留下刻痕，別再讓它留下疤痕吧！忍不住開口：「在病房玩BB槍很危險，萬一射到人，後果不堪設想！」

年輕爸爸很識相的把槍收起來，走出了房外，病房暫時安靜。

半小時後，返回病房的他，手上多了一台遙控車，還有可錄音的哆啦A夢，遙控車在地上跑來跑去，從房內跑到房外，又從房外跑回房內，碰到了我的拖鞋、我的腳—微痛，我把腳縮回床上，這下安全了。已是半夜，他怎能旁若無人，又毫無自知之明！

演員出場，有先後順序，換年輕媽媽，手上的哆啦A夢，不斷的錄音、重播，整個晚上，吵死人了，我該發脾氣嗎？文人該保持風度，那就吊麵線、撞豆腐吧！

折騰一整晚，睡意全消，就在微光乍現時，他們一家人，呼呼大睡。我呢，哪裡有牙籤呀？

「昨晚妳們病房真熱鬧！是妳家孩子發出的聲響嗎？」清晨，隔壁房的一位阿嫂問我。

「我家孩子睡得很好啊！」我將眼神飄向對面。

「我懂了，原來有了新房客！」輕輕一點，她就懂。

從衛生習慣，看一個人的品德修養，浴室的垃圾桶，每天都有好幾片攤開的免洗尿褲，黃金外現，上洗手間，都要摀著鼻子！小兒子嫌髒嫌臭，堅持不進浴室，只好帶著他到外面如廁，大解、小解，都在那兒解決。

鄰床一位來自小金的太太，五十多歲的年紀，育有七仙女，雖有遺憾，但女兒，各個孝順，丈夫從未冷落於她，一家和樂融融，生病期間，女兒們圍繞病床，噓寒問暖，貼心的照顧，讓她心中有暖陽！

出院當天，頗富人情味的一家人，留下地址，要我到小金找他們，那金烈水道，只要十分鐘，會暈船的我，同是故鄉人，只能望船興嘆了！

如果有金烈大橋，該有多好！

好不容易，捱到小兒子也要出院了，迅速地整理行李，辦完出院手續，快速離開，不說拜拜了，這犯忌諱的！

之二

「六分鐘護一生」，子宮頸抹片檢查，有點痛，又不會太痛。

婚後，每年固定做子宮頸抹片檢查，內診時，當鴨嘴擴張器撐開隱私部位，刮杓刷起了少許分泌物，沾在玻片上做抹片檢查，檢查過關，心裡無負擔。

四十歲的女人，是乳癌的高危險群，看完婦產科，接著掛外科。

一進診間，道明來意，外科醫生：「到床上躺著。」護士旋即拉上布簾，衣服往上掀、胸罩往上拉、兩手往上放，他的雙手，如彈琴般，一面檢查，一面問道：「平時有沒有做乳房自我檢查？」「每次按，都按到骨頭。」我回答得有點心虛，因為到現在，還不懂，要如何分辨硬塊？「以後自我檢查就是這樣。」他邊說邊示範。

檢查結果，一切正常，他回到電腦前，「四十歲的女人，可以免費做超音波和χ光攝影，我等一下幫妳開單子，不過，最近很多人在排，妳可能要等上一段時間！」

兩樣檢查，同年同月不同日、不同時、不同地，一個月的等候，先是到金門醫院做乳房超音波，女醫師細心地將凝膠（jelly）塗在探頭（probe）上面，由乳頭開始，由內而外，慢條斯理地，在兩邊乳房移動，不時的，將眼睛貼近螢幕，仔細的觀察，那如膠水般的黏液與肌膚緊緊相隨，數分鐘後，檢查完畢，安全過關。

乳房超音波檢查後的一個禮拜，依照電話通知，到花崗石院區報到，填了一張「篩檢表」，包括基本資料、個人健康史、妊娠史、個人疾病史、家族疾病史，兩面的篩檢表，印得滿滿的，我也仔細的勾選。

放射師親切的招呼：「先到裡面，把上衣和胸罩脫了、頭髮綁起來！」照著她的指示，走了進去，映入眼簾，那台χ光攝影，髣如照相館裡面，沖洗相片的機器！

我雖不是乾扁四季豆、太平公主之類的，但亦不是前很凸、後很翹，做這樣的檢查，很痛，而且痛死人了！

「妳第一次檢查沒經驗，會緊張，妳忍耐一下！」放射師幫我調好位置，邊說著。

先照右邊，再照左邊，正面、側面，總共照了四張，壓了四次，被壓緊的乳房，隱隱作痛，當她抽掉底片板的時候，低頭瞧，兩邊乳房四周，紅紅的一片，還瘀青破皮呢！

儘管痛了好幾天，珍愛自己，遠離乳癌，只有忍耐囉！

寧可「痛肉」幾分鐘，也不要「痛心」一輩子！

活到這年紀，吃了這麼多米飯，檢查這、檢查那，露了一點，又露兩點，還是頭一遭，無論如何，保命最重要，千萬別害臊！

之三

多年前，下腹疼痛，到醫院做檢查，持續追踪，婦科超音波，每位醫生診斷的結果都一樣——子宮肌瘤，但大小都不一樣，從一公分、二公分、三公分均有之，為了更進一步確認，花了一筆機票錢，在他人介紹下，到板橋一家頗富盛名的婦科診所，到他那兒，已是四公分，醫生告知，五公分的時候手術，一向惜肉如金的我，嚇著了，立刻飛奔，跑向榮總，從腹部超音波、到陰超，哪來的肌瘤？

腰酸背痛不是什麼病，但痛起來，真是要人命，一次腰痛，看了腎臟內科，那位醫師很慎重的告訴我：「妳的腎臟有破洞，要長期服藥治療，如果不按時服藥，將來恐怕要洗腎！」

又是一個晴天霹靂，為保身體健康，亦印證了中國人愛吃藥，乖乖地聽醫生的話，每次拿一個月的藥回家吃，吃久了，很煩！

像藥罐子一樣，耗下去，不是辦法，又花了一筆機票錢，飛到榮總，從抽血、驗尿、照腎臟超音波，一路檢查的結果，我的腎臟好得很，莫名奇妙吞了那麼多藥，真想罵人！

一樣的看診，不一樣的心情，如果你（妳）是我，會不會生氣呀？肯定會！

要不是當機立斷，跑向遙遠的一方，可能還在吞藥呢！

之四

講道德，有時也需要勇氣！

急診室那頭，一位阿婆雙手捧腹，蹣跚地走了進來，「醫生，我肚子痛死了，趕快幫我注射一針止痛劑。」

醫生點點頭，示意護士幫她注射一針。

阿婆坐在候診椅休息，口水，不停地由嘴角兩側流出，她用衣袖擦拭，雙腳抖動，喃喃自語：「打這個針，都沒效，醫生，你是救人的，藥水弄好一點！」

我不停地遞面紙給她，她擦拭後，置入口袋，我將垃圾筒拿到她旁邊，「阿婆，這裡有垃圾筒。」

阿婆不停地抖動身子，嘴中亦不停地喊痛，一個鐘頭以後，她再次要求醫生：「再幫阮注射一針，剛才那針沒有效！」

護士欲再次朝她肌肉注射，看了這一幕，我連忙制止，很雞婆的說：「她一個鐘頭前才注射，止痛劑不是有時間的嗎？」

醫生跟我使了個眼色，低聲說：「那是生理食鹽水！」

不會吧！醫德何其重要？怎能將生理食鹽水，充當止痛劑？就算是一番好意，要安撫病人，欺騙就是不對！

我的兒子正留觀，也不怕他對兒子下手，我真不怕死，更不怕走在路上被人跟蹤！就在急診室，與醫生爭辯。

醫生：「她有精神疾病，每天都來報到，我這邊是急診室，是要處理急診的病人。」

「精神疾病，應該讓她看精神科，你這樣……」未等我把話說完，醫生接口：「有叫她去看，她不要啊！」

「我們一般人，說到打針，都會害怕，你這樣連續打，她不痛嗎？」我接著說：「可以通知她的家人啊！」

「有聯絡過，她的家人沒空理她！」

「既然如此，何不找社工師和她談？」我提議。

不一會兒，社工師來了，與阿婆一席談後，幫她叫了計程車，將她載回去了，爾後的日子，阿婆有否再來？我沒深究，只是，陰暗角落，像這樣境況的人，有多少人關心？

之五

他今年十七歲，唸高二，腹痛，讓她幾乎休學！

五歲那年，眾家戶一聲爆竹除舊歲，沈浸在貼春聯、吃年糕、看舞龍舞獅的歡慶聲中，她腹痛如絞，進了醫院，緊急狀況，立刻手術！

一次住院，兩次手術，她的年，在醫院度過！

她母親告訴我：「當年好像實驗品一樣，至今留下了後遺症！」

「怎麼說？」我不解地問。

「手術後，沒清乾淨，黏液留在裡頭，一天到晚肚子痛，一痛就請假，書都快唸不下去了。」為人母的心急，顯現在臉上。

「那怎辦？」我問。

「再開一次刀，把那些清乾淨。」露出不捨的神情。

我轉頭看她女兒，瘦削的臉龐，沒有笑靨，多年的腹痛歲月，做母親的不捨，看女兒與病魔搏鬥，年復一年，椎心的苦楚，啃噬著她！

女孩痛得有口難言，醫生將χ光片夾在燈箱上，仔細的品讀，他將安排腹部超音波，為她仔細檢查，她母親無奈地哀嘆，十年前的手術，未一次醫好她女兒，讓她們神經緊繃了這麼多年，越想越心酸！

看她們難過，我的喉嚨也哽咽，連忙安慰她：「人生總有許多的無奈，妳女兒不幸的例子，比比皆是，她已夠難過，妳要給她力量，讓她有向前走的勇氣和信心。」

她母親又告訴我，這個暑假，就要赴台手術了！

我問她：「為什麼要捨近求遠呢？」

她無奈地回答：「對金門醫療沒信心！」

從此，我們再也沒見過面，無論第三次的手術，在金門或台灣，祝福她早日康復，不再為腹痛所苦！

醫院驚魂記

三月二十七日下午，唸幼大班的兒子放學回家，直喊頭暈、喉嚨痛，做娘的暗忖，應該是感冒了吧？幫他摸過額頭、量過體溫後，還好沒燒，那就等會兒吧，晚上有夜診。

平日活蹦亂跳的他，坐在沙發，不發一語，那副懶洋洋的樣子，讓人看了心疼！

香噴噴的熱飯、色香味俱全的菜色，全家人圍坐餐桌，每個人都大快朵頤，就他一人，食慾不振！

接連幾天，滂沱大雨惹人煩，今晚，更是劈哩啪啦，響個不停，還微帶寒意，平時遇有下雨天，看外頭泥濘一片，挑不起我出門的意願，晚上，再冷的風、再大的雨，亦擋不住我的去路！

七點多，抵達醫院，零零星星的病人，在長長的走廊與燈光的映襯下，他們的背影，顯得孤寂許多，往日的人潮聚集，今夜的寥寥落落，晴天和雨天，兩相比較，真有天壤之別！

白天掛號，須排隊抽號碼牌，有些病人，會將ＩＣ卡、身分證或鑰匙、筆記本……等，整齊的置放服務台，然後各自活動，等時間一到，再認個人物品，依序抽取號碼牌；晚上直接排隊就可以了！

掛完號，牽著兒子的手，往門診間走去，此刻，叫號燈正亮著十七號，今夜冒雨前來，不必排隊不必等，太幸運了！

檢查後，如我所料，兒子感冒了，輕聲告訴兒子，領個藥就可回家了。

藥局外頭，紅色的號碼燈，停留在四百一十一號，尚差四號，兒子拿著藥單，坐在椅上等候，我則站在一旁陪伴。

突然間，從藥局裡鑽出一條脖子繫有紅色頸圈的黃狗，直奔而來，兒子一陣驚慌，語帶哽咽地大嚷：「狗……」，隨即跳了起來，手上的藥單掉在地上，嚇得躲到我的後面，我亦被這突如其來的景象給愣住了，醫院怎會有狗兒的出現呢？

黃狗不停地擺動尾巴、搖動身體，兒子則嚇得哇哇大叫！母性的光輝，此時此刻，展現無遺，右手護著兒子，左手拿著雨傘趕狗，我們不吃香肉的，對寵物也沒興趣，牠為什麼不去找旁邊的一對母女呢？大概我們離牠比較近吧？牠豈需捨近求遠！

藥局人員忙著配藥，警衛室的監視系統，不知有否看到，在藥局前面，一對母子正在跟黃狗玩捉迷藏，閃過腦際的念頭，「別傷到孩子，咬我吧，我的大腿比較有肉！」

狗兒欲罷不能，似乎越玩越起勁，我們也在那兒跳加官！

心裡想著狗主人死到哪裡去了？怎麼還不出現呢？企圖找尋答案的同時，左手的雨傘，揮到黃狗的臉上，「汪汪……」，牠一出聲，藥局立刻有人出來，將牠叫了進去，瞬間恢復寂靜，只是，我們母子，氣喘吁吁！

奇怪了，兒子喊了半天，無人回應，狗兒初試啼聲，隨即有人疼，寵物當道，人不如犬！

返家後，上床就寢，夜半時刻，兒子餘悸猶存、啜泣不止，不停地說夢話：「狗……狗……」，我按住了他的胸口：「別怕，媽媽在這裡，媽媽保護你！」

今夜，兒子睡得很不安穩！

犬輩們，別再胡跑瞎竄，讓怕狗的人兒，提心吊膽！

寶島來去樂悠悠

溫煦朝陽伴隨大地，手提行囊，整裝待發，醫院的駕駛，開著那輛潔白耀眼的車輛，載著我們抵達尚義機場，此際，初陽綻露，溫和沁心；而民航站之設立，眼前煥然一新，整個景觀，整齊有致，來往之過客頻繁，有股來匆匆、去匆匆之感受！

輕鬆的腳步，踏上機艙，窗外，青蔥翠綠映晨曦，特別的耀眼亮麗，飛機挪移，身軀亦跟著挪動，升升降降地，嘔吐袋已等不及，待一陣平穩，空服員遞來了點心及飲料，整個機上，放眼望去，幾乎是身著戎裝的將士們，而政府的德澤，眷屬的免費搭機，能與他（她）們共伴，與有榮焉！

松山機場，人潮洶湧，快樂的笑聲，此起彼落，而寶島台灣，五光十色的繁華景象，令人留下了深刻的印象！

車子駛過了一處處熱鬧的街道，一路上，紅綠燈閃爍，人車穿梭，這等緊張的氣氛及交通流動量，對從小成長在寧靜金門的我，很不適應！

抵達了台北國軍英雄館，雙腳踏入，心稍微緩和，只因這兒，它的格調，雅緻新穎，清新怡人，住了進去，塵俗的紛紛擾擾，暫拋九霄。

在先生及女兒的陪伴下，於台北熱鬧街頭，快快樂樂，盡情盡興地遊玩，當仰望天際，驕陽四射，陽光遍灑，閃爍著逼人的氣焰，而台北人，此際，已穿著短袖衣裳，好多衣著入時的女孩，那姣好的身材，多少養眼的鏡頭，飽足了雙眼！

最是熱鬧西門町，吃的、用的、穿的，看得目不暇給，而最吸引我的，是那一套套便宜的衣裳，穿在模特兒身上，既端莊又自然，忍不住掏了掏口袋，數了鈔票，購回了它們。

說真的，我還是喜歡金門的地瓜稀飯，但在台北，想吃這等佳味，談何容易？吃法的差異，去了數天，瘦了一圈！

捧著獎座，小心翼翼地呵護著，帶著它，將榮譽攜回了金門，故鄉的氣候，輕霧和細雨，有股朦朧之美，但難忘台灣行，清晰地印烙腦際與心田！

靈動飛舞躍紙間

款款夏風，微微拂過，輕彈著翩翩而舞的葉瓣，柔柔順順！大風來襲，雨勢滂沱，身子微微戰慄，孤枝與葉瓣悠悠地墜落，沈沈悶悶心嘆息！

這所醫院，是由花崗岩堆砌而成，由三角公園處，一路往上走去，天地遼闊。長長的道路，陡坡處處，路兩側，木麻黃高聳入雲霄，並有好多不知名的野花草，香氣散發！鳥聲啁啾，青草味入鼻，多少的行人，拖著疲憊的步履，汗流浹背地，一步一步地往上走去，酷熱難耐時，靠邊走，樹蔭遮影，消熱幾許！

極目遠眺，連綿的青山下，每天，絡繹不絕的人群，穿梭在醫院的各個角落，痛楚、悲傷，寫於臉上，身體的微恙，失去了笑容，看他（她）們難過的模樣，心中為他（她）們默禱，幸福安康！

這兒雖有空調設備，但每日，病人之多，可謂「五味雜陳」，起初，真有些兒難受，每天嘔心得厲害，選擇了這條路，卻使自己無法招架，頗有諷刺之意味！

面對病人，小心翼翼，客客氣氣地，以盪漾出一股優雅親切的和諧態度，當身子向前挪移，腳步飛舞靈動之際，擦肩而過時，相互間，彼此尊重，關懷諒解，笑容自然而生。

然則，亦曾遇過病患，暴躁的脾氣，使人無法忍受，甚而無理取鬧，無視人性應有之尊嚴，謾罵之聲盪天際，或許如此做法，只為表現或證實自己比他人高一等之方式；然而，與外界之溝通管道，應用心的思索，處事的理性，方能贏得尊重與讚譽。否則，只為己身一時之需求，而漠視他人之存在，凡是只為自己打算，不為他人設想，如此短暫的人生，深思下，不覺空虛乏味？

某天中午，坑道口，一陣擾耳的聲音震耳邊，輕鬆的腳步頓沈重！側首，推床上，一位老先生，身上血跡斑斑，面色紫青，腳上亦綁紮著厚厚疊疊，毫無疑慮，他定出了一場大意外！醫護人員推著他，兩側緊隨著他的家人，目睹他們，淚水自面頰滾落，聲音哽咽，甚著嚎啕落淚，佇立中，嗅聞到真實的情感！

因為愛的力量，而散發出愛的關懷，遇見孤獨老邁者，能力所及時，總願扶他（她）一把，常常，他（她）們的嘴邊，發出抱怨之聲，兒孫遠走他鄉，孤獨一人，無人照料，生病上醫院，還得拄拐杖！言談間，那股對命運疑惑的問號，叫人鼻酸！

一位坐著輪椅的老太太，身殘心不殘，生活經驗告訴她，幸福隨處可見，處處可尋，因此，生病期間，她忘卻煩惱，在徐徐和風與溫暖的陽光下，思想著過去絲絲甜蜜的陳年佳釀，她告訴我，生病的人，有權哭泣、有權悲傷，但她，從不掉淚，只因她的老邁，得到了照料，她沒有被世界給遺忘，她那樂天知命的性情，不因生病而哀愁，相反地，對於呵護與照顧，倒有一絲滿足！

白衣天使，可謂女中豪傑，不讓鬚眉，而剛中帶柔，予人溫和！男性醫護人員，溫文儒雅，視病猶親，以豐富的閱歷，贏得好感。

好些天前，窗口外的候診椅，瞥見一長髮美女，她的秀髮散開，看起來真美，轉瞬間，耳墜輕輕搖晃，這幅畫面，異常珍貴！

同事間，輕輕耳語：「那小姐好美！」看著她，順手一比。她竟起身，朝我走來，眼珠子直瞪我瞧，面上浮起了疑惑！一時間，竟措詞艱難，微笑地說：「我沒有叫妳耶！」

「哦！」她走了回去，一會兒，便不見人影。

樓梯口，瞥見了她，為自己方才無聊的舉動，說了句：「小姐，抱歉哦！我剛才告訴同事，妳很漂亮，不料，卻惹妳誤會，以為我在叫妳，對不起哦！」

她：「哪裡，我方才一直盯著妳看，亦覺得妳漂亮，真的哦！」

梳整的不便，留不成長髮，卻每回瞧見長髮美女，哎！「美麗天生難自棄」，總要情不自禁又毫不猶豫地讚美一番！

颱風來襲，好多眷探均不能抵金，看著弟兄的臉上，渴盼飛機快飛的神情，苦苦思想家人來訪！

風雪已過去，天涯的星光，燦燦爛爛亮晶晶，思緒著上班時的情景，難忘的印象，興致勃勃地，掏出紙筆，道出所見所思，靈動飛舞的字跡，躍然於紙間，樂趣連連，早已忘卻白晝時刻，工作的煩累！

看世事，寫事實，再次提筆，樂此不疲！

靈動飛舞的字跡，快意地躍然於紙間。

心情點播站

一、殘缺的歲月

她攙著一對兒女前來，見到我的第一句話，劈頭就問，知不知道她的丈夫出事了？坊間口耳相傳，只知道她丈夫病了，殊不知，病得這麼嚴重！

她的丈夫，胸部以下，全部癱瘓！

多年前，一次吉普車翻車意外，留下了後遺症，脊椎第七節，血塊殘留，未予深究，壓迫到神經，讓他的人生，由彩色變黑白，使他的家庭，陷入了愁雲慘霧之中！

多年來，她的丈夫常感疲勞、痠痛、失眠，長久以來，多以精神科打交道，他的病歷，滿滿一籮筐！

五月的某個早晨，那是迎接曦陽、朝氣蓬勃的時刻，她的丈夫突感不適，怎地，胸部以下麻得沒知覺，立刻將他送醫，精神科醫師和他談了一個多小時，不停的翻閱他的病史，他整個人癱在那兒，除了嘴角發出嘀咕聲，其餘，似乎使不上力！

時間一分一秒的過去，肉體的痛苦、心靈的煎熬，啃噬著他，上蒼何以如此撥弄這幸福的家？一連串的檢查，耗盡了數個鐘頭，一家人坐如針氈，聽天由命般地，無語問蒼天！

撐著病痛上飛機，此去路遙遙，何日是歸期？何時能如昨日般，洋洋灑灑話家常，三五好友聚一堂，把酒言歡！

震懾於她的細述，原本以為，平日喜好小酌的他，出事了，大不了為酒後失態，或者駕車出意外，來個斷手斷腳（斷手斷腳已經夠嚴重，若跟癱瘓比起來，算是輕微的了！）醫治幾天、復健數月就會好，豈知？竟如此這般，匪夷所思，叫家庭，方寸大亂，令妻兒，情何以堪？

她淚流滿面，我手足無措，遞面紙，輕揉著她的肩膀，安撫著她，吉人自有天相！

莒光園地，曾報導著一位軍官，亦是這般，他每日坐在特製的輪椅，面帶微笑當義工，以有用之身，回饋社會，穿梭在醫院的大小角落，許多病人，感染了他的氣息，尊他為偶像，亦因此，有著存活的勇氣！我把這個真實的故事告訴她，請她轉達她的丈夫，想不到，已有人捷足先登，將這則生命的韌性，拿來激勵他的士氣，我的「報乎汝知」，已是第二報！她從不知有這件憾人的大新聞，再次向我求證它的真實性，我以人格保證，確實有這號人物，我亦親睹了這則報導。

她的丈夫如槁木死灰般，自怨自艾、自暴自棄，要她良禽擇木而居，她再次紅了眼眶，家中，她是獨生女，父母的掌上明珠，從不知吃苦何味？但她堅定的表示，無論他今後變得如何？她不退卻，亦不後悔！

每日，她照顧著他，幫他翻背、導尿……，她無一不做，枕邊人的痛楚，她如同身受，幸好，軍中袍襗，義伸援手，為她分憂解勞，讓她能休憩片刻，返金，看看那兩個摯愛的寶貝，幼兒何辜？每日台金兩地，電話連線，思念著父母！

臉上的一抹憂愁，道盡了她的心酸，她痛苦的煎熬，嘆人生的無奈！她的丈夫，每日進步零點一、零點二，緩慢的進展，肌肉的萎縮，她擔心，將奪走那豪氣干雲的男子！

放暑假了，她帶著一對兒女，飛奔赴台，守著丈夫，守著愛，給他親情鼓舞，愛情與親情的力量，陪伴著他！此時，她丈夫最需要的就是這一些！

曾是頂天立地的男兒漢，此刻，鐵漢柔情憶過往，只有悲鬱伴身旁！

開學了，她攜兒女上學，亦捎來消息，她的丈夫經過復健，已能撐著身子下床，時而聽聽音樂，心情好很多！聽後，為醫學進步喝采，亦為他加油！

二、舞動的心

她是舞蹈老師，學生遍及各個角落，舞動的人生，孕育諸多舞林高手，那曼妙的舞姿，卻勾動不了丈夫的心！

一次外出復回，推門入屋，丈夫與另一女子，正在她的床上翻雲覆雨，二人一絲不掛，她看到女的胴體，水桶的身材、結實的乳房、黑鴉一片的乳暈，她當場氣炸，再看自己豐潤的胸、腰身的曲線，荷包蛋與大肉包，如何能比？這個平日對她忠心耿耿的丈夫，如此這般，令她痛心！

她丈夫身上，有她的抓痕！

一年多來，他倆未曾一起出入公眾場合，她找女的談判，小她一歲的女人，答應和她丈夫分手，危機暫時解除，不久後，聽到一則不利她的消息，她的丈夫，剪不斷、理還亂，又偷偷幽會了！

她告訴我，這三年來，為了丈夫的出軌與父母的相繼過世，孤寂的日子，她以淚洗面，她對丈夫這麼好，亦對那女人很友善，他們怎能如此背叛她？

她的胸部渾圓，乳暈紅嫩，那女的，黑而扁，她不解，當那女的，卸下調整型後，會有什麼看頭？

「妳先生也沒好看到哪裡！」我不改心直口快：「他的皮膚那麼黑，人又不夠帥，走起路來，無精打采，怎麼有女人會愛上他？」

「他是曬黑的，他很帥，很有男人味的！尤其是穿上西裝、打上領帶的時候。」她的嘴角洋溢著滿足的笑容。

「平日邋遢的男人，只要理個頭髮、吹整一下，再穿上西裝、打個領帶，都還上得了檯面。」她如此說，一般人應該會逢迎，但我這張嘴巴，不吐不快。

既然聊開了，有些話雖然忠言逆耳，但還是要說：「妳自己也該少些應酬！」我這滴酒不沾的女人，看不慣豪飲的女子，記得幾年前，先生還在軍中時，逢年過節，軍眷都會獲邀至擎天廳聚餐，常被安排於主桌，那些肩上亮晶晶的星星，很親切的幫忙挾菜，官夫人亦會帶來禮物相贈，受邀者則一個個的敬酒：「我是某某人的太太，敬某某長官！」聚餐數回，我從不敬酒，一來滴酒不沾，二來不習慣逢迎，就杵在那兒，看人家敬過來敬過去，總要餓著肚子回家吃泡麵，幾次以後，再也不參加了！先生娶我的時候是上尉，退伍時，還是上尉，真沒幫夫運！

審美觀的不同，那位月薪令人驚的女人，無論她的眼光如何，有魅力的男人，多看兩眼、多聊兩句也就算了，何必讓兩個家庭痛苦呢？

最近遭逢父母雙亡的她，眼睛都快哭瞎了！

某日，躺在床上的母親，翻身欲拿氣喘吸劑，一個不慎，摔落地上，鼻子朝下，窒息而死！她母親百日那天，她的父親上吐下瀉，隨她母親而去，兩老生前，如膠似漆，一前一後，就這樣走了！

火葬後，供奉祠堂，她在作完二七之後，回來了！

她每天看著母親的照片，和她說話，她多麼希望倆老能到夢裡來！

不久後，她將循小三通，回去家鄉祠堂看二老，說到傷心處，她的眼眶又紅了……。

三、尋覓知音

難道信賴一個人，亦是一種錯誤？

她為他掏心掏肺，這輩子，她從未這樣信任著一個人！

無論何事？她第一個想到的，就是他，儘管他在多遙遠的地方！

縱然撥話千萬遍，不管他煩不煩，她的手不嫌疲，亦不管電話費，是否超出預算？

當她逐漸發現，他離她越來越遠，她不恨、亦不怨，只怪自己太痴癲！

人生於世，尋得知己，了無遺憾，對他，無論該說的、不該說的，她毫無保留！

她天真的以為，自己已覓知音，在他面前，她開腸剖肚般，從不遮掩，她讓他洞悉一切，她不怕傷害全世界的人，但絕不傷害他！

她對他百般呵護，她對他信守承諾，一切的一切，他絲毫不感動！

她對他另眼相看，把他放在心上！

她的喜怒哀樂，跟隨他的心情旋轉，她的世界有他，每天為他妝扮為他守候，視他如性命般，當他漸行漸遠，留不住人亦留不住心，她很遺憾！

她想跳樓怕腿斷，她想跳湖怕水冷！

這一跤，她跌得很痛！

難以癒合的傷口，任憑它潰爛！

白天，她昂首闊步！
夜晚，她鬱抑寡歡！
她不是無病呻吟，她已痛在心口！
她不哭不鬧不上吊！
她不悔不恨不悲愁！
知音本難求，何須痛苦何須憂？
心動過後，她將他的印象存留心際與腦海，直到閉眼的那一刻！

四、離群索居的日子

年輕時，他是糕餅師傅！

習得一技之長的他，會做多種口味與造型的糕餅，獲得老闆的賞識，長駐其店，亦因此，迸出了那一道愛情的火花！

他與另一位女店員，近水樓台，當論及婚嫁時，他拚命攢錢，只為娶得美嬌娘！

世事多變，情感亦變遷，女店員移情別戀，投入他人懷抱，新郎不是他，他的五臟六腑幾乎碎，頭暈目眩腿亦軟，天空的顏色頓時變！

全心全意付出的情感，說變就變，付諸流水，他愈思愈想愈心碎，捶心肝、直跺腳，亦挽回不了！

日亦思、夜亦想，憶兩人甜蜜模樣，卿語不斷，豈能如此不堪？水桶汲水，攬鏡自照，才數日，瘦削的臉龐，如此蒼老，那頹廢樣，讓人看了亦想逃！一間工寮，沒水沒電，獨自棲身！現代人的配備，他一樣亦沒！

他過著挑水劈柴，以臉盆煮飯的日子，沒了瓦斯沒家電，衣衫襤褸不像樣，他甘之如飴！離群索居的日子，他不修邊幅，不與人打交道，那刻骨銘心的戀情失敗後，心中的自我意識更強烈，他再也不相信任何人！

曾是年輕有為的少年仔，今日這般，怎不掬一把同情之淚！他的後半輩子就這樣停留在舊時代，汲水劈柴點蠟燭！

儘管政府補助，每月五位數的收入，他可以過得更好，但已習慣原始生活的他，甘之如飴守著那間工寮、守著他現有的一切！

不談他的自我封閉，看人們勾心鬥角的歲月，再觀今日的經濟不景氣，他這種自給自足的日子有創意，既能運動，又能省花費！

看人性，他這與世無爭的日子亦不錯！

五、肩載負荷

初認識，只覺她平易近人，最近的幾次接觸，發現她，除了古道熱腸，做事勇往直前外，更有一顆悲天憫人的心！

許多單位，大混小混，一帆風順，如果來個肯幹實幹的人，無論是男是女，被圍剿、唾棄，只能怨嘆時運不濟，她，就是這樣的一個例子！

她的踏實做事、負責盡職，在同儕間，所引燃的導火線，致她心靈受創！

每每有事，無論對錯，她都輕聲細語、打躬作揖，千萬個道歉與低姿態，無法脫離險處，反惹得一身腥，她招誰惹誰了？

最近相遇，她心事重重地，把煩惱寫在臉上，單位裡的制度，使她難過，同事間的相處，令她寒心，勾心鬥角的歲月，她無奈，儘管她努力，勇往直前衝到底，新單位、新氣象，她，不是不適應，而是肩載太多的負荷，她多麼懷念以前的歲月！

我告訴她，做人不能一味的盲從。忍耐，更要有限度，他人得寸進尺，亦要適可而止。許多環境，壞人不寂寞，好人難出頭，其實，周遭這樣的例子，比比皆是，勸她，不必憂愁掛心窩！

最近，她的身體微恙，子宮肌瘤加胃痛，因煩惱，氣色差很多，我又跟她出了一個餿主意，如果經濟許可，利用暑假，出去走走吧，花些旅遊費，暢遊寶島的每個角落，讓心靈飛揚，她亦有此打算。

她又告訴我一件，賭人性的事！

曾經，她和她要好的朋友合夥做生意，經濟大權掌控在她的手裡，無論外邊風雨有多大，她堅持，她的合作對象沒問題！

接著，她的好友三番兩次，要款項進貨，不疑有他，投下了身上所有的存款，她的好友一去不復返，她傷心絕望，連路上開車，都想一頭撞死！

她再次踏入我的「地盤」，眼睛浮腫，「妳昨晚哭啦？」我問她。

「是啊？」她點點頭，眼眶又紅了。

「又有什麼不如意？」

「費副主教走了，昨晚是他的告別式，我準備期末考，去的時候，已經開始，我們平日和他打成一片，以前看人，現在看照片，很難過！」雙眸閃著淚珠兒。

「人死不能復生，長記妳心就好！」這句話，不知安慰多少人，但逢周遭生離死別，我亦是哭得唏哩嘩啦！

從陰霾處走了出來，現在的她，有一個不錯的職業，就是心情……。

六、樂觀開朗展愛心

八位「照顧服務員」輪流值班，據透露，每日三班輪流，月薪一萬多，這批生力軍，默默耕耘，目睹他（她）們，推病床、氧氣筒、寫紀錄、協助病人諸事宜，平均五十來歲的年紀，有的已是阿嬤級！

印象較深刻者為盧波，在花崗石已和她見過面，她很健談，亦有愛心，她曾教過我，滋補養生法，孩童健體法，但時日已久，腦中模糊一片！

再次相遇，她不改昔日的熱情，我跟她自首，以前教的，通通忘記，她不厭其煩，再教一次，這回，我虛心學習，不能再辜負她的一番美意！除此之外，她看小兒子又發高燒了，立刻傳授了些許偏方，包括以驅風油之類的東西，在兩手間摩擦生熱，由背部而下，順勢按摩，可達到退燒效果，隨即由口袋取出一小瓶五塔膏，做起示範來，她熱心地，要將那瓶送給我，但我告訴她，我帶回去了，只有一人受惠，留在她身邊，她每天見那麼多人，可發揮愛心，幫助更多的人，讓更多的人受惠。

另一位陳碧雲，三十六年次的她，六十歲了，已當阿嬤，住山外武德新莊，育有二子一女，兒已娶媳，四名孫子（女）常逗得她合不攏嘴，樂觀開朗的她，亦加入「照顧服務員」的行列，她的兒女已長成，他們有各自的天地，兒孫自有兒孫福，她不需煩惱不需憂，六十歲了，回饋社會不嫌晚，就當功德一件！

她會走入人群，只為感念她的二伯父，當憶及過往歲月，她紅潤了眼眶，娓娓道來她的人生路……。

當年嫁入夫家，一嬌柔女子，不勝農事，二伯父鼓勵又出力，幫了她很多，在他老人家中風後，找不著看護，因當年金門尚未「流行」這種行業，她感念於他的恩澤，肩負照顧的責任！

現在，她每日徘徊醫院間，看盡人生百態，她只想盡點個人微薄力量，幫助他人，她和盧波女士毗鄰而居，二人共乘轎車一部接受訓練，她很感謝紅十字會給她這個機會，讓她能再次學習。

七、點滴在心頭

林欣如，這個小不點，超討人喜愛的，她的父親，就是當今的縣議員——林長耕先生。

二十二歲的她，從事護理工作，星期六、日，還不忘赴台充電，真是個上進的女孩。

交男友了，我開玩笑地說：「交什麼男友，不用功讀書，等拿到文憑之後，再交亦不遲，這樣會分心！」

「我都二十二歲了！」嬌羞地，想必愛情路上很幸福！

小兒子是她的心肝寶貝，吃翻了她的寶藏，舉如巧克力、餅乾、糖果，亦玩遍了她的玩具，每次欣如將他帶走，我常掛在嘴邊的是：「小兒子又要幫欣如姐姐數鈔票了！」

哪天家有喜事，別忘了送我喜糖一盒，小兒子已吃上癮了！

許玉珊，這個細心的女孩，小兒子的台大二號注射液，為了滴得順暢些，上面插了一根針頭，數個鐘頭過去了，我已忘了這件事情！

她來換點滴時，「媽媽，妳剛才是不是幫弟弟換衣服？」

「是啊！」我回答。

「那一根針，妳有沒有拿起來？」

「針？」我的媽呀！這麼重要的事情，我已經忘了，趕忙四處找尋，從他身上，再到換洗的衣服，都找不到，急死人了！

我們倆人，就這樣找遍病房的角落，忽地，她將身子蹲下，拾起了那根針，原來，它就掉在床舖底下。

「阿彌陀佛！」七上八下的心，終於平靜了，當她接班時，我還好心提醒她，注射液上面有針頭，要小心，別刺到，我自己卻忘了！

護理師林雅嬌告訴我訣竅，拍痰別拍脊椎與腎臟，免得日後不像樣！

生了四個小孩，常常一個感冒，全部都感染，上醫院如走廚房，手忙腳亂在難免，未婚的，沒小孩的，可別笑人家呀！亦因此，來去醫院間，記錄百態、尋覓靈感！

至於拍痰，更是家常飯，每回，像抓小豬般，就往背上拍，原來這是錯誤的示範，孩子尚小，猶須小心為要！

我筆下第一段「殘缺的歲月」，文中的那位官夫人，她就說了，平常不懂，從未見過的，在她丈夫住院後，她看了，亦學了，許多常識都是在住院期間學來！聽了覺得很諷刺，但亦是事實，很多人都是這樣，自己就是個例子！

這回的住院，我學會了換床單，如翹翹板的床墊，知道如何擺平它，哪日沒飯吃了，不妨找這樣的工作來糊口！

小兒子早已甩掉包尿褲的歲月，但吊點滴、尿液多，尿床在所難免，買了一包尿褲，他這一刻讓你紮，下一刻又不要了，這幾天，上演著幾次拆床單、換床單，四回合下來，一位護士說了：「下次能不換，盡量別換，我們床單有限！」外面出大太陽，沒床單？據瞭解，有些看護，一次拿好幾塊收藏，以備不時之需，出院後，整理病房，方被發現，這真是要不得！

我不但學會換床單的技巧，亦學會了耐心等候，濕了床單別換，冷氣一吹，很快就乾，說不定尿液浸身，還能減少病痛，讓身體強壯呢！

另一樁更扯，氧氣筒擺在床旁，英雄無用武之地，家庭主婦就只會開瓦斯炒菜，沒人教我使用蒸氣，我哪會呀！不反應，權力喪失，要反應，又得罪人，真傷腦筋！

什麼都漲，連看病也漲，就薪資沒漲，門診掛號二十，急診則兩佰，這幾個月下來，花了不少急診費和住院費，醫療和服務品質沒提昇，亦敢跟人家收錢！還這麼貴！

許多鄉親和我一樣嘔，但生病了，還是要看啊，除非在家等死！

這個夏天的某日，先生左腳大拇趾有黃黃的液體，四周腫腫的，跑了住家附近，一間由花崗岩堆砌而成的醫院，空蕩蕩，只剩一診內科，既來之，則安之！「長」字級的醫生，懷疑他痛風，抽血檢驗！他很痛的，又於夜間跑了另一家外科，外科大夫手一擠，膿液流出，他肯定的診斷是灰指甲所造成的發炎，打了麻藥，拔了指甲，一番包紮，按時換藥，腳終於好了！至於痛風，指數還差得遠呢！

隔行如隔山，頭痛醫頭、腳痛醫腳，找對醫生最重要！

八、發功的女孩

「妳的杯子有蒼蠅沾過！」好意提醒，而認識了她。

二女兒返校日，領回了「語文領域獎」，看她的成績評量，那綜合評語：「詩淳甜美純真的笑容，專注學習的態度、友愛幫助同學的熱誠，深獲同學的喜愛，能教到妳真好！」看得我這當媽媽的心花怒放，按照往例，請她吃大餐，藉她的名、沾她的光，全家人打打牙祭！

這天，剛好二女兒的一顆乳牙晃動，很不舒服，我們言明，先到牙科診所旁的那家牛排館，先吃豬排，再去拔牙，然後逛夜市。每回孩子表現佳，大人總會獎勵一番，有經濟壓力的我們，會盤算再三，以最低消費，達到最高享受！

這家豬排，每份八十元，附玉米濃湯，冬瓜茶則無限供應，等候鐵板上桌時，我拿著免洗杯，走向擺在一旁的冰桶，發現兩張捕蠅紙，佈滿著蒼蠅的屍體，講究衛生的我們，互相使了個顏色，這一餐，吃得有點辛苦！

旁桌，一位可人的小姐，桌下擺放著方格大包包，清新的臉龐、端莊的穿著、輕飄飄的身影，引我注目，只覺她好像在哪邊見過？

她低著頭，喝著玉米濃湯，刀叉在鐵板上摩擦，含蓄地咀嚼著，想必她，沒注意到，冬瓜茶已被蒼蠅親吻，不忍她飲下那杯，有可能壞肚子的冰品，輕聲告知：「妳的杯子有蒼蠅沾過！」

她側過頭，以甜美的笑容，說了聲「謝謝！」

她不再拿第二個杯子，很有環保概念的，用喝完玉米濃湯的空碗盛茶，轉過身，笑咪咪地看著我的小孩，接著問我：「妳是台灣人嗎？氣質很好！」

「我是金門人。」今天正好「氣象播報站」刊登，心情停留在故事裡的情節，哭了一個早上，眼睛浮腫，本來不想出門的，一向信守承諾的我，已跟孩子說好，就這樣帶著紅腫的雙眼與疲憊的心情，走了出去，臉上還脂粉未施呢！

「妳的心地很好，如果沒有妳的提醒，我會喝下那一杯！」她說著。

我們聊開了，她叫胡淨妮，安瀾國小二年級的老師，公費生，是「法輪功」的學員，我終於聯想起來，這女孩，我曾在報上看過呀，她上過太武山煉功，記者捕捉了她的影像，做了報導呀！

情人節當天，她來電話了！拾起聽筒，那頭傳來甜甜的聲音：「我們曾在金城牛排館見過面！」未等她說完，我接口：「妳是胡老師！」

「方便去拜訪妳嗎？」她禮貌地問。

「歡迎！」放下聽筒，朝廚房走去，準備泡咖啡歡迎客人。

再次見面，她帶來了「轉法輪」，共四百二十九頁，要看到什麼時候呢？以前愛看厚書，現在則是越薄越好！這個暑假，有三篇演講稿要完成，擔怕書籍在我這兒擱太久，會影響下一個閱讀者，直截告知實況，她教我，倘沒時間，每日看一頁，很快就看完！

爾後，她還要教我煉功呢！記得不久前，社區開了一個班，名為太極拳，上了一堂課，暈頭又轉向，指導老師問：「會頭暈的舉手？」就我一個！他再次問：「會頭痛的舉手？」還是我一個，無法練下去，打了退堂鼓！我這阿嬤的體格，有夠差勁的，煉功，恐怕只能遠觀了！

閱讀「轉法輪」，書中明示，煉功之人，需無所求與放下，我這女人放不下周遭的種種，在閱讀一半後，很老實的將書籍物歸原主。

師父找徒弟，我這尚未入門的徒弟，半路開溜，有緣無份呀！

八月七日，非常不小心的踢到沙發底下的木板，右腳的四小弟、小妞妞和足背，瘀青紅腫，叫車直奔醫院，照了χ光無大礙，醫生跟我恭喜沒傷到骨頭，說兩個禮拜就會消，這跟犯太歲不知道有沒有關係？

有三個颱風逼近，天氣又要變化了，很不舒服，全身痠痛得厲害，又碰到這種倒楣事，回家後，氣呼呼又病懨懨地，躺在沙發休息，隱隱作痛！今天正好接到許多詐騙集團的電話，什麼中華電信電話催繳、新光三越消費、世華銀行借貸、還有叫我阿母，說他是我兒子，被綁架了！無聊電話，很煩！有手有腳不討賺，只想投機取巧、不勞而獲，你們的媽媽如果知道了，一定很後悔生下你們！

電話又響了，懶得接，跟二女兒說，如果詐騙集團就掛他電話。二女兒告訴我：「媽媽，是胡老師打來的！」見過一次面、聽過一次聲音，二女兒記下她了！

數分鐘後，她帶來了一位貴客——「大紀元時報」基隆辦事處主任徐基玲小姐。

進門後，徐主任遞來了名片：「聽說妳是作家，特來拜訪！」「我每天坐在家裡當米蟲！」雖然擁有幾本剪貼簿，但沒勇氣出書，就這樣自嘲一番，在笑談間，拉近了彼此間的距離！

她瞧見茶几上的兩杯咖啡：「妳連咖啡都泡好了，真貼心！」就這樣，我們聊了起來。胡老師鼓勵我將「轉法輪」看完，我這固執的女人，已決定了的事，不更改，她的苦口婆心，浪費了很多口水，著實於心不忍！徐主任則分享了煉法與採訪經驗。

對於她們的邀約，只能說抱歉了！

住家附近，一對六十歲的夫妻，每天清早，揮劍、練拳、那身段，都可以拍片了！我呢？站太久腿痠，坐太久腰痠，不敢想像二十年後，像他們這歲數時，是否要摸牆壁走路？

九、隱瞞與欺騙

以前幫助他人，稀鬆平常，在上了幾次當後，心裡有了負擔，愛心開始降溫，懷疑那些來找我幫忙的人，是否真的需要幫助？

舉例較嚴重者，老夫少妻，腳步本來就有些不協調，老夫忠厚老實，少妻一權在握，她喜歡走我家廚房，掀開我的鍋蓋，看我餐餐煮啥？注重隱私的人家，很不是滋味！某日，她來找我，指她丈夫騎乘機車，載她往市區的路上，被貨車撞倒，看她說得可憐，二話不說，立刻聯絡了先生，她要的證明，一應俱全，既跑腿又繳費，她沒說謝謝！原來，這證明是勒索用，圓了她的夢，卻深深的傷了我的心！路上有人撞見，當貨車駛過時，一陣風，他們機車倒地，就一口咬死人家，不知情的我，成了幫兇，後來才知道，她非專櫃不穿、非美食不吃，連貼身衣物都是高價位的調整型，我可是買一件一百塊的路邊攤呀！她的家佈置得像皇宮，我家過得去就好，她這樣欺騙，我這樣上當……。

記憶猶新，曾和大女兒走在下坑的斑馬線，一輛機車飛奔而過，大女兒被撞倒了，肇事者不道歉，反怪我們不閃車，見他不可理喻，我拿起手機欲報警，行人走在斑馬線，車輛本應禮讓，他終於跟我道歉，一句「對不起」，心情緩和許多，再看女兒，輕微擦傷，跟他上了一堂「交通規則」課後，得饒人處且饒人，放他一馬！

我如果學前面那個女人，口袋豈不賺翻了?!

交友，寧缺勿濫，她成了拒絕往來戶！

接二連三受騙，我開始懷疑人性，以前有人受傷，為爭取搶救時效，我們會載他上醫院，現在路上看到有人發生事故，我們還是會救，只是處理方式不同，拿起手機就報警，擔怕死在車上，被不明理的家屬勒索一番！一朝被蛇咬，十年怕草繩，一輩子的夢魘啊！

十、女人味

前陣子的「內衣之狼」，蠻有品味的！

某些喜歡穿名牌內衣女子，無一倖免，都被偷了！

偷賊真識貨，儘挑品質好、花樣新，被偷的女人，氣得破口大罵！

那麼貴的東西，是要調整、瘦身用，好穿相報，一傳十、十傳百，許多人都買了，據說可展現女人味！

我不為所動，一來捨不得購買，二來內在比外在重要吧？女人，一定要靠穿那個嗎？

我不跟進，有人說我一個錢打二十四個結，管它的，不買就是不買！

錢，本應花在刀口上，男人辛苦的賺錢，女人愛花就花，那天沒錢了，全家人要喝西北風呀！

每天眼睛一張開，水費、電費、報費、瓦斯費、電話費、健保費、補習費……等等，還有柴米油鹽醬醋茶，吃的、用的、穿的，那樣不用錢？

當有人跟我炫耀一身名貴時，我不羨慕，只覺穿著與談吐不搭軋，白白浪費新台幣！

我真是個不識貨的女人，他人不告訴我，臉上的化妝品是名牌、身上的服飾是專櫃，嗅不出女人的氣韻時，我會認定那就是便宜貨！

愛名貴，又愛牽羊，哪能符合氣質！

為了孩子的教育基金，我不奢糜。

以前先生在軍中時，跟隨他赴台，搭軍機免費，住宿優惠，樂在其中，隨著他退伍，轉入退輔會上班，薪水不比以往，一切的優惠亦沒了，那家庭收支簿，沒什麼盈餘，我還能和其他女人一樣，沒事逛大街，比較一身名貴嗎？

貼身衣物一樣曬在屋外或庭院，紅橙黃綠藍靛紫，陽光伴隨，閃閃發亮！當「內衣之狼」一家偷過一家，找尋名牌下手時，我這固執的女人，愛死了白色系列，又是路邊攤選購，不符合「內衣之狼」的癖好，幸運地，逃過了一劫又一劫！

當貴婦們破口大罵，我躲在屋裡暗自竊喜，原來，儉樸亦是一種幸福！

十一、佛與基督

上校夫婦前來，他們送了我一串佛珠！

每個禮拜，夫婦倆會抽空上一趟海印寺，為香客量血壓、衛教宣導，他們當起義工了！曾是護理督導的妻子，在我們喝咖啡、聊是非時，她細述那一段不太快樂的時光，身體受傷後的心情，換藥時不打止痛針的經過，走過了人生路，她的身上看不出什麼傷痕，現在，她堅強而勇敢，將「阿彌陀佛」掛嘴邊！

他們走後，家裡來了幾位基督徒，大熱天，汗流浹背，我將櫃子裡的礦泉水搬出來，見者有份！

二女兒正發燒、嘔吐，牧師見狀，「讓我們為你們這個家庭禱告，一帆風順，亦為小妹妹禱告，生病快好！」

二女兒已吐七次了，又燒到三十九度，掛了急診又看了門診，我很緊張！

我不敢做主，平時是拿香的，此刻，要跟「阿門」打交道，有點困難！

請教了一家之主，先生說，宗教勸人行善、願人平安喜樂，他不排斥，就這樣，我們家三樓佛廳，供奉了佛祖膜拜，他們則在一樓唱詩歌！

我家的兩個兒子，手上正好拿著督導贈送的「木雕平安符」，這場面，有點尷尬！

如果佛教與基督教的信徒同時前來，「阿彌陀佛」與「阿門」，會是啥樣的情景？

應該會成為好朋友吧！

婆家一位八十幾歲的伯母，一生拿香，從年輕拜到老，如今年事已高，拜拜對她來說，是一項沉重的負擔，她打算受洗，四周的反對聲浪，在耳畔迴繞，使她打消了這個念頭！

每個人都有信仰的自由，旁人，實不該干涉！她老了，一百歲，還能擔一百斤嗎？

十二、秘書與登山客

阿德秘書送來結婚時拍攝的光碟，共分ＡＢＣ，聽他說，這世紀大婚禮，花了他不少血汗錢！

傳統式的婚禮，憑添許多熱鬧氣息；跪拜，苦了新娘的膝蓋，大喜之日，天空飄著毛毛細雨，多麼浪漫呀！

問阿德是怎麼追到他老婆的？

「她家屋宇加蓋，她父親要我幫忙裝電風扇，有三個女兒任我挑，老大、老二在台灣，老三在金門，就挑她了！」

「是沒得選了，告訴你老婆！」我開玩笑說：「原來你不是真心愛她！」

「噓！別讓她聽到。」他不改平日的幽默：「我岳父賣豬肉，三個女婿的生肖都屬豬，年齡也按照大小順序排列，也很神奇吧！」

年紀輕輕，創業有成，祝他早生貴子！

住他們隔壁的阿輝，鼓勵我多運動，我們女人家，平日做家事，那是勞動！

他說，爬太武山是一項很好的休閒運動，他的一位好友，在醫師檢查、診斷許多病狀後，很灰心，他勸他一起登山，數年後，他的那位好友，已養成登山的習慣，身體狀況亦好許多，他把這一項登山有益健康的訊息傳播，祈望大家都有強健的體魄！

我已經二十年沒登山了，想那兩百五十三公尺的太武山，好高、好遠、好長喔！

十三、贈書

為學校長的「滄海一粟集」已出版一年了，去年的六月三日，他的弟弟為論老師，送來家中，為論老師亦相贈「蝸牛的認識與觀察」，我將它擺在家裡的圖書角，要孩子們細細品讀。

早在「下坑的美麗與哀愁」，為學校長就大顯身手，讓人留下了深刻的印象，一家出了三位老師，為學、為論、為信，我們常見的是為論，每天黃昏，他會漫步在下坑的每個角落，他的「甩手功」，小兒子學起來了！

為信老師，我跟他數度交鋒，他寫他們學校的演講稿，我寫女兒的，有一回，我就敗在他的手裡，金牌落到他的手上，恨得牙癢癢的！他的另一半，亦是老師，他們家那個白嫩嫩、圓嘟嘟的兒子，是我家小兒子的最愛，小兒子終於遇到一個比他更小的，看他神氣的哥哥樣，待他們回去後，撒嬌地，要我再生一個弟弟，生育獎勵金已提高了，我是不是該考慮考慮呢？！

這三兄弟，真是「陰魂不散」，大小比賽，不是跟我對打，就是擔任評審，壓力好重哦！

為學校長贈書的時刻，正好右手受傷，我要求的親筆簽名無能實現，約好手癒後再簽，城中的圖書展，我們相遇了，他與夫人陶醉在書香的領域裡，不忍多打擾，只近距離地，凝視著夫人高雅的氣質！

七月十二日傍晚，我正騎著單車，馳騁在下坑的柏油路上，享受著微風的清涼，遠遠的，就看到一群人聚集在為論家門口，他（她）們飲茗茶、啃土豆，是那般愜意！定睛一看，為學校長亦在其中，他手上紗布已經不見了，逮住機會：「校長，您欠我一個簽名！」

「我記得這件事，妳回去拿來簽！」校長笑容可掬地回答。

顧不得香汗淋漓，我飛奔地跑回家！

每回有人贈書，我都要求親筆簽名，「滄海一粟集」，雖然遲簽一年，我仍如獲至寶！

他因打桌球而受傷的手，在赴台推拿四次後，已近痊癒。

我這不速之客，在阿美遞茶後，坐了下來，和校長分享了寫作經驗，他教了我一些寫作技巧！

當他看過我的手寫稿後，鼓勵我用電腦，我從不打腫臉充胖子，很老實的告訴他，不會電腦，他說曾經也是電腦盲，在努力學習後，現在已駕輕就熟。

另一位，是島上的大作家——陳長慶先生，於八月二十八日，終於擁有他親筆簽名的著作，欣喜萬分！

年輕時，每回到報社領稿費，總要撥些時間走一趟位於山外車站旁的「長春書店」，看那免費的書籍，以前島上的駐軍多，擠爆了整個書店，捨不得掏錢購買，為了看書，常要忍受阿兵哥身上，那草綠服和迷彩服所散發出來的一股「特殊」氣味！

翻遍了大作家店裡的書籍，閱畢之後，腦袋裝填了滿滿的思緒，返家後，靈感一波波的襲來，口袋又賺進了一筆筆的稿費！

每次走進書店買稿紙或孩子的參考書，總見大作家坐在電腦前，不停的敲打鍵盤，他的作品一篇篇的誕生，他的新書一本本的問世，他的頭髮也一天天的白了！

十四、電腦

電腦，是現代人的配備，我不再當「古人」了！

我發誓，這篇「心情點播站」，一定要用電腦打字來完成它！儘管，我已寫了厚厚的一疊！

上了二樓，進入電腦室，坐了下來，腦中一片空白！

開機我不會，鍵盤背不熟，密密麻麻的字，頭暈眼花！

樓梯傳來了腳步聲，是我那一串小孩！

「我跟妳帶來啦啦隊！」孩子的爹語帶輕鬆。

我的心情好沉重，已坐在電腦前很久了，就是理不出頭緒，是誰發明這討厭的東西？都快被折騰死了！

「媽媽，我教妳開機。」大女兒說。

「媽媽，我教妳打字。」二女兒說。

「媽媽，加油！」兩個兒子齊聲說。

一家六口，進了小小的電腦室，很擠！我囑咐他（她）們，回自己的工作崗位，有事再叫！

大女兒幫忙開機後，家裡會電腦的三個人，當起了講師，他（她）們輪流教，我有聽沒有懂，昏沉沉的，想睡覺！

當他們各忙各的，我也開始操作後，狀況百出！

「快來呀！螢幕怎麼是黑的？」

「我剛才打的字都不見了！」

「快幫我加標點符號！」

鍵盤上面的手，不停的發抖，額頭上的汗珠，順著臉頰直流而下！

難道，我真要當一輩子的電腦盲嗎？人的平均壽命如果以八十歲來算，我過一半了。回首歲月，車癡、路癡、電腦癡，沒一樣不癡的，機車不會騎、轎車不會開；出了門，遇上三叉路、十字路，就摸不清回家的路！到臺灣度假，則是跟在人家屁股後面，叫我走前頭，穩迷路！因為那些街道都長得一模一樣！至於電腦，要不是最近下了很大的決心，恐怕一輩子都要盲了！

新聞報導，一位七十六歲的翁伯伯，跟他兒子學電腦，三十分鐘就會了！老人家這麼用功，足以做我的標竿耶！

撐著腰痠背痛，如烏龜走路般，一字字地慢慢尋覓，夜深人靜，眾人皆睡，我獨醒，學不會，不許睡！

有志者，事竟成，我終於學會中文輸入！

巡視房間時，為孩子們蓋被子，他們睡得正甜，今天，他們被我操得很累！

「心情點播站」的完成，他們功不可沒，等領稿費時，再請客吧！

平日做事急驚風的我，遇上電腦，就成了道地的慢郎中，家裡只有一台電腦，那麼多人要使用，排隊等候的滋味真不好受，在領了稿費之後，告訴孩子的爹，想再買一台，不夠的部份，請他撥一點配合款，他應允了，馬上跑了一趟電腦公司，很快的，在一樓書房，安裝完成，當手指輕叩鍵盤，我有一股成就感！

十五、畢業

大兒子幼稚園畢業了，他的畢業典禮，我無法參加，很遺憾！

小曄曄又住院了，一波波的病毒感染，抵抗力差的他，無一倖免，每回孩子生病，我都很自責，也很緊張！尤其碰到不長眼的護理人員：「又是你們，來住院幾次了？」為人母的心，在滴血呀！

「騰騰，恭喜你畢業了，但媽媽要照顧弟弟，無法參加你的畢業典禮，對不起！」我在電話中，語帶哽咽的對大兒子說。

「媽媽，我要領創意小天使獎耶！」大兒子在電話那頭高興的說。

「恭喜你了！」我的鼻頭一陣酸！

二女兒和大兒子都要上台表演，提醒他爹，等孩子排練完，立刻帶來醫院讓我化妝，大兒子一進病房，臉色蒼白的直嘔吐，還好休憩片刻無大礙！

不能參加大兒子的畢業典禮，心情跌落谷底！

當小兒子住院時，沒有單人房，我們只好住雙人房，在我們之後，又來了一個病人，他的阿嬤詢問我們的病況，我據實回答：「病毒感染」，當我問及她的孫子，是什麼情形住院時，她告訴我，流鼻血和咳嗽，我有一點懷疑，只是這樣，需要住院嗎？相處兩天，他咳得厲害，病房的空調又秀逗，當我發現浴室那噁心的痰時，小心留意，他，是肺炎病人！擔怕被傳染，如作賊般地探頭探腦，探出了端倪，對面終於有人要出院，按先後順序，取得了資格，我們搬了進去。

未能親睹大兒子畢業的情景，心情很糟，那個肺炎病人，是吳收的，吳剛好成了出氣筒，我問他：「肺炎會不會傳染？」

「會！」他肯定的回答。

「你怎麼不提示我，虧我們是朋友，我跟那個病人有近距離接觸！」我很氣憤。

無論他做任何的解釋，我都聽不進去，儘管我常在半夜，把他挖起來為孩子看病，我欠他很多，但這次，我就是不諒解，擺了一張臉譜給他看，第一次感受病人比醫生大！

對他凶，他沒生氣，出乎意料之外！

幾天下來，我們沒被感染到，釋懷許多，在他解釋時，我已能心平氣和的接受！不過，還是對他嘀咕一番。

他已於七月底離開了，臨走前，我請他將四個孩子的症狀及注意事項一一列出，以備日後參考，他二話不說的答應，親筆記錄了孩子的總總，當我依約前往，從他手中接過來，他有一點猶豫！

「將這個交給妳，我心裡毛毛的。」他說。

「你有壓力？」我問。

「我怕誤診。」他接著說：「小孩子都會有突發狀況，我擔心妳照上面的指示，會延誤病情。小孩子最好不要生病，但生病了，還是要看醫生，不要自己處理。」

「我的孩子，曾因醫生的誤診，讓我幾乎崩潰！這九個月來，找你看診後，幾次緊急狀況，都能化險為夷！」我誠懇的說。

「我如果沒親眼看到病人的情形，不給處方。所以要拿這張給妳，心頭很沉重。」他解釋著。

「既然如此，這張還給你。」我繼續說：「希望你離開金門時，無心理負擔！」還他之前，我很努力地，想把白紙上面的黑字，這重要的東西存留腦海，就是背不起來！

遞還給他後，有點失落！

他收回去了，「以後有不懂的，可以隨時來電話詢問，不過，就是要多付一些電話費。」他和顏悅色地說。

「你回去之後，工作量一定比這邊重，我不能再打擾！」我說。

「妳來電話一定有事，我一定會接……」

「……」

大兒子幼稚園畢業了，他來金門服務，時間已到，他也畢業了！過敏季節又來臨！二女兒整天咳個不停，帶她看診，腳步很沉重，三個禮拜過去了，沒好轉，我自責，沒事生那麼多，這過敏體質，要吃多少藥啊？

很想打電話給吳，可是，在他離金時，我跟他說遠水救不了近火，不再找他麻煩了！躑躅許久，面子重要，健康更重要，鈴兩聲，他接了，我把二女兒的情形敘述一遍，他先教我初步處理，又聯絡了正在金門，和我同姓的林醫師，見面後，名字和人似曾相識，原來，她是二度回鍋，又來金門服務了！

已離金的醫療人員，孫說他賞識我的認真負責，給了我數次上班的機會，為了陪伴孩子一路成長，我放棄！江，在我努力做人的時刻，婦科的他，犧牲了許多假期，為我做一連串的追蹤！遲，先父辭世前，罹病的痛楚，他每六小時，就出現在我面前，陪我上山走一遭，為先父止痛療傷，到最近的吳，找了他不少麻煩！我對持聽診器的，沒有什麼好印象，但這幾位，助我良多，恩澤無限，不刊登銘謝啟事，長懷感恩！

十六、新生

大兒子唸小一了，開學後，學校舉辦了「新生親師座談」，正義的校園，期望健康的成長、快樂的學習、精緻的校園、溫馨的團隊，讓學校一天比一天好，而幼稚園的翁老師、許老師和一年級的陳老師，就銜接教育與優良生活教育及新課程的步驟模式，在雙軌進行下，與家長交流，希望孩子們，努力學習，快樂成長！

接著，九年一貫課程研習，傍晚時刻，打雷又下雨，六點的報到，惟獨我倆夫妻，時間逼近六點三十分，家長們紛至沓來，食用愛心便當，校長致詞後，張主任就「九年一貫的核心價值」作宣導，而金門高中的蔡老師，她的「親子互動與溝通」，讓人留下了深刻印象！最後的「回饋表」，則是家長的心得與感受，輔導處每人發一張，就意見勾選和建議，提供建言！

以前叫郊遊，現在則為戶外教學，那是孩子們最開心的時光，背包裡，有他們喜歡的零食，從翟山坑道、古崗湖、莒光樓、水產試驗所，都有他們快樂的足跡！接著，熱鬧的活動中心，和文昌國小相見歡時的醒獅隊與跳鼓陣，再到成功海灘的「牽罟」，欲罷不能！

今年，大兒子的老師，獲得優良教師的殊榮，十月一日帶著小朋友們，探索觀察，由輕步慢走、欣賞風景、討論從生活中學習的樂趣，以培養處處可學習、時時可閱讀的習慣，上了太武山「海印寺」，虔誠地捐出了所領的四千元獎金添緣！

新生，需要更多的學習，而學校的榮譽卡制度，鼓舞了孩子們，從每週三的上台背書、讀經，面對全校小朋友說故事比賽，兒子不錯的表現，讓為娘的放心不少！

「優學網」，看到了老師的用心與孩子開心的笑容，我的兒子，真是個快樂的「新生」！

十七、保險

我們沒有「保險」！

在保險公司上班，認識的、不認識的，紛紛跟我們「拉保險」！

數年過去了，我們仍舊沒投保！

有位保險員，走了幾趟，吃了閉門羹後，撂下很嚴重的話：「有一戶人家，他們有保險，孩子生病，理賠很多，另外一家，怎麼叫他投保，就是不肯，生病了，既無理賠，又花費許多！」

生病之事，我不避談，但聽她這樣說，很想拿掃把將她轟出去，投保，只為賺錢嗎？

女兒班上，有位同學家長，他的孩子頻頻生病，和我們一樣沒投保，有次赴台治療，看同病房的一位小朋友，因保險而「領」了很多，返今後，悶悶不樂，見了面，碎碎唸：「我們沒領半毛錢，機票、住宿、病房費，花了好幾萬，別人有保險，不用花口袋的錢，還領那麼多！」

不久後，他家的小朋友都投保了！

這是理財觀嗎？

我仍然堅持著，都已經有全民健保，生病住院，該付費就付費，幹嘛讓自己多一項負擔呢？

許多人保意外險，那段時間，如果沒出意外，是不是虧到了呢？

保險為心安，別有賺錢的念頭！

我這固執的女人，說不投保就是不投保！

別再跟我拉保險了！
你問我為什麼？
沒錢啦！
死心了吧！

十八、中獎

一家賣場新開幕，買伍佰送一個馬克杯，外加摸彩！

「好康逗相報！」精打細算的家庭主婦，一個個往裡面走去，我亦是其中的一位。

數日後，熱線不斷，都是一些恭喜聲，這不是詐騙集團的假中獎通知，確有此事！

我帶著興奮的心情前往，佈告欄上，清清楚楚寫著：「第二大獎——東元除濕機！」金門多霧，屋內的濕氣很重，剛好派上用場。

走到櫃檯，說明來意，老闆夫婦先是跟我恭喜，然後竊竊私語，老闆朝我走來，「我拿一個較大的給妳！」

真的「好大！」是一個烤箱，「怎麼跟中獎的不一樣？」我問。

「趣味、趣味啦！」老闆娘面無表情地說著。

「除濕機缺貨，這價格一樣。」老闆接著說。

「就這樣啦！」老闆娘仍然面無表情。

既然價格一樣，就勉強接受吧！將烤箱拿到車上，走了另一家賣場，看了展示價目表，烤箱一千多，除濕機四千多，商人的「童叟無欺」到哪裡去了？

我將這天上掉下來的禮物，送回了賣場，「老闆，我堅持要除濕機，如果缺貨，我願意等。」夫妻又竊竊私語，不一會兒，老闆取出了「聲寶除濕機！」不甘願的換回烤箱！

「不是缺貨嗎？」這樣子做生意，勢必讓消費者唾棄！

從此，我不再踏入這家賣場！

不同廠牌的除濕機價差數百，算是少虧了！

十九、凹洞的電視

一家頗富盛名的電器行，居然亦會耍詐！

家裡整修，答應孩子買一台二十九吋電視，讓視覺更清晰，忙於洗刷，用電話叫貨！

他們的服務態度超好，馬上送來！

安裝好後，付了錢，才發現電視下方凹了一個洞，小老闆將錢收下，「我回去跟老闆說，再拿一台來換。」

這一等，兩個月，撥去電話，老闆娘說：「沒關係啦，螢幕沒壞就好！」

又打了幾通電話，老闆親自前來，檢查了我家天線，「跟妳換一組新的！」

換好後，她跟我收了四佰塊！

「那，電視呢？」叫他換電視，他換天線。

「我再拿來換！」他驅車離去前，再三保證會來換。

我又等了好幾個月，還是沒消息，老闆娘依舊那句話：「沒關係啦！能看就好！」

人的忍耐有限度，我不賒不欠，又那麼好拿錢，妳這樣對我！

不等也不忍了，我撥了一通消費者服務專線，將情形細述一遍，接電話的小姐允諾馬上處理。

沒多久，電器行來了電話：「聽說你們家電視故障，我們跟公司反映後，決定換一台新的給你們。」

速度真快，立刻送貨！

這回，小老闆送來沒瑕疵的電視，遇到這種不守信用的白賊七，我沒給他好臉色！

記得他初次來安裝電視時，已近中午，我還為他準備中餐，這次，我連水都不給他喝！

二十、漏網之魚

他曾經服務於自衛總隊，抓「閱兵」，沒人能逃得過他的手掌心！我是唯一的「漏網之魚」！

二十年了，他記憶猶新，每回提及，都咬牙切齒！

我的身高一五六公分，剛好符合閱兵標準！

有一年的閱兵篩檢，他親自到各村里公所「抓人」，量身高時，我們這些怕閱兵的千金之軀，故意縮著身子，讓身高矮人一截，每年的挑選，躲過一劫又一劫！那年，他的到來，銳利的眼光，一一掃射，所有自衛隊員，抬頭挺胸縮小腹！

他走到我的跟前，一番打量：「嗯，符合標準！」

逃不掉了！看自己這張白皙的臉和這身白嫩的肌膚，萬一被抓去訓練，在太陽底下踢正步，月亮出來水噹噹，太陽出現昏茫茫，一桶白色的油漆，都要變黑色！

「妳沒閱過兵？」他問。

「是！」我回答得有些顫抖。

「今年，妳要參加！」他隨即記下了我的中隊和名字。

「報告長官！跑步我跑不動，跳箱我跳不過！」我企圖逃過這一劫。

他看了我一下：「進了訓練營，妳就脫胎換骨了！」

他的威嚴遠播，每年的自衛隊訓練，那十天光景，髣如當兵般，他只要板起臉孔，喊立正，沒人敢稍息！

訓練在即，入選者一一通知，我躲得遠遠，心想，他應該忘記，反正，金門女兵那麼多，沒差我一個！

正幸災樂禍，又一年免閱兵，忽地！屋外急促的機車聲，傳入屋內，探頭一看，是他，那個顧人怨的長官！

我立刻躲回房內，反鎖著房門，他不但沒忘記我，連我住哪裡，都摸得一清二楚，他進了屋內，和家人寒暄後，要抓「逃兵」了！而我，在房裡憋住氣，不敢出聲！我真的不是沒愛國情操，實在是不耐操，拿得起筆桿，拿不動槍桿呀！

說他眼光銳利亦就算了，連心思亦那麼縝密，每間房門都是開著，唯獨我的房門是關著，他出手旋轉，喇叭鎖不能動，便說話了：「被選上是一項榮譽，別再躲了，去國慶閱兵，有飛機坐，還可以到台灣遊玩，費用公家出！」

我不答腔，就這樣和這「歹看臉」的長官耗著，時間一分一秒的過去，憋著氣，亦憋著尿，真是又急又氣！

他停留許久，終於走了，爾後幾天，我們玩著官兵抓強盜！

他抓不住我！

二十年過去了，他沒忘記，每每碰面，掛在他嘴邊的第一句話：「妳這條漏網之魚！」

二十一、燕巢

我家的騎樓，龍邊處，燕兒築了一個巢！

牠們翱翔於天際，時兒停下腳步，歇息在細黑的電線上，俯瞰著人間，尋覓棲身之所！

相中我家騎樓，開始動土大典，很賣力的銜土造屋，看牠們辛苦的模樣，猶如人類建造房子時的一磚一瓦，看在眼裡，疼在心底，牠們靠自己的實力建造家園，想到當年的我們，兩手空空，從無到有，不也努力了好長一段時間，才有屬於自己的家！

不忍燕兒，上無瓦片遮身，下無立錐之地，為牠們圓一個家，一個遮風避雨的地方，不拆燕巢，決定給牠們一個暖暖的窩！

燕巢終於完成，清脆的啾啾聲不絕於耳，孩子們圍在騎樓下，抬頭觀賞，紛紛發出了驚嘆聲：「哇！好可愛！」附近的阿兵哥，每每走過，被這一窩嘴巴有一圈黃顏色的燕寶寶所吸引，亦會停下腳步，仔細凝賞！

與燕兒結緣，不怕糞便不嫌髒，每日清水洗一遍，環保有概念！

已築多年的燕巢，來去之間，每年都有新土圈圈圍繞，由小而大，新添顏色雖然不一樣，但也是個家，牠們和我們一樣，需要一個遮風避雨的地方！

當燕兒離去，燕巢空蕩蕩，我心冷清清！

坐在騎樓下，抬頭仰望，燕兒已歸去，何日再續？

不忍拆燕巢，牠們有妻小，重新建造費力量，心繫牠們回故鄉，是否安好？思念與守候，等待燕兒再回巢！

二十二、重要的節日

七夕情人節，孩子的爹照常上他的班，結婚十六年了，他從來都不記得我的生日、結婚紀念日和所有的節日，我的腦海卻填滿了一家老老小小的！這個沒情調的男人，常掛嘴邊的話：「薪水袋交給妳，要什麼自己買！」讓我買，還不是買全家的！

正在嘀咕，電話鈴聲響，開頭是0910，看了前面，沒看後面，孩子大喊：「爸爸來電話了！」昨晚才跟他抱怨，全年無休，人家菲傭每個禮拜天，還有一天「阿門」假，也已經五年沒去台灣了，寒假等暑假，暑假又盼寒假，想念台北國軍英雄館，那年的渡假，七樓的將軍房，孕育了二女兒，濃郁的情感豈能忘！還有西門町熱鬧的街景，嘴饞時，買了東西就往嘴裡送的愜意，無人認識沒壓力！以為他今天開竅了，原來電話打錯了！

有個機車行的老闆，和孩子的爹同名，電話又跟家裡的相近，三天兩頭就有人打電話要修車，總要費盡口舌解釋一番！

擔任社區組長的他，有一鄉鎮的榮民要服務，一通電話，服務到家，亦常有榮民會來電話找他，話家常，聊權益，他不在家時，我扮演接線生，語氣輕柔、態度親切，對這些曾經拋頭顱、灑熱血的英勇戰士及八二三的自衛隊員們，禮貌再三！

他回來了，遞上毛巾、端上茶水，就一如往常的回廚房吸油煙，他不請吃大餐，自己動手來慶祝，菜色還不錯，有黃瓜醬爆肉絲條、雞蛋雞翅滷車輪，排骨清燉竹筍湯，配上白飯，口感不錯！

飯罷，和女兒忙著收拾碗筷，清了桌面，準備上水果，孩子的爹從包包取出了兩條金莎巧克力，遞到我的面前：「情人節快樂！」

孩子們圍了過來：「呃，戀愛！」

「每個人分兩顆！」我對孩子們說。

「那是爸爸要給妳的！」大兒子說。

「爸爸送媽媽，媽媽請你們！看你們吃，媽媽就很高興了！」做母親的，當然要把最好的給兒女，而兒女在享用之前，還會想到媽媽，這比吃山珍海味還有好心情！

「跟親愛的爸爸說謝謝！」我對孩子們說。

「爸爸，謝謝！」孩子們齊聲說。

我們不是自由戀愛結婚，全憑媒妁之言，答應嫁他的時候，軍醫的他，以「浯民」為筆名，在副刊投稿，當時，我參加了一項「教育論文比賽」，得了第二名，獎品是一枝鋼筆，情人節當天，很大方的送給了他，期望他百尺竿頭，更進一步，十幾年過去了，我從未見過這枝筆的芳蹤，很在乎的問起，答案是已不知去向，他輕鬆的回覆：「不見了，妳如果思念那枝筆，我們去買一枝新的！」他的一張小卡片，我珍藏了十幾年呀，還完好如初！好想問：「男人都是這樣粗線條嗎？」

每年的情人節，都會思想起那枝心愛的鋼筆，還有我們的姻緣路！

在某些場合，當有人介紹我們是模範夫妻、模範家庭時，我有一點心虛，曾因他的擠牙膏兩頭翹，我大發雷霆，孩子的成績退步，我氣急敗壞，只因自己是要求完美的女人呀！那些曾經追求過我的男人，應該慶幸沒娶到我，不然，就要深陷水深火熱之中了?!

不過，「無菸家庭」倒是真的，我家不吸菸，亦不讓訪客吸菸，我們一家六口，在衛生局的盛情邀約下，於文化局的宣誓大會，代表無菸家庭上台宣誓，白色的T恤，黑色的長褲，整齊劃一，當鎂光燈閃爍，柔和的畫面，成了注目的焦點，電視與報紙，都有我們美麗的倩影！

家裡有人生日，習慣準備紅蛋和麵線，今年，他的生日，我故意不煮，企圖挽回他的記憶，半天了，他若無其事，我告訴兒女們，已訂了蛋糕，給爸爸一個驚喜，順便考驗一下孩子們的向心力，他們配合度真高，都守口如瓶耶！

蛋糕送來了！一切準備就緒，孩子上二樓電腦室把他請了下來。

「今天誰生日？」他真的不知道四十年前的今天，有個偉人誕生！

「生日快樂！」我們齊聲說。

「我生日喔！」很驚訝的表情。

全家人唱著生日快樂歌，嚐著甜甜的蛋糕，心中五味雜陳，最快樂的，莫過於孩子！

這個男人，要跟他搞浪漫，下輩子吧！

二十三、心情手記

花了好幾個月的時間，完成了這篇「心情點播站」，這是我第一次坐在電腦前，努力敲打鍵盤，從完全不會時的垂頭喪氣，目油滴、胸口痛，幾度想放棄，到一分鐘打不到幾個字，慢慢地，作品完成，嚐到甜美的果實，不是幾個字所能形容的！

在現實生活中，肩載重荷，不可諱言，我不是一個快樂的女人，但我從不仰賴快樂的藥物，亦不輕視性命，堅信意志力勝過一切！既然人世走一遭，挫折在所難免，關關難過亦要過！

快樂的泉源自己尋找，當寧謐的時刻到來，徜徉於文字間，心靈奔放，沒有塵囂的干擾，幸福圍繞，我不要金銀珠寶，亦不要高樓大廈，我只想在字裡行間，覓得泉源，唯獨於此，咀嚼快樂的滋味！

一路走來，在創作的過程中，副刊園地，給了我許多遨遊的天地！而諸多稿費的累積，在人生重要的時刻，助我一臂之力，心懷感恩！

不能預知的歲月，總有許多歡喜與悲愁，生活中的點點滴滴，將它化筆為文，真是一種暢快的流訴，每篇作品的刊登，讀者們的鼓舞，髣如給了我一劑強心針！

「心情點播站」，記錄了周遭的種種，喜怒哀樂呈眼前！

捧心

有段時間，心臟痛得厲害，常是徹夜難眠！狗年的十一月底，走進了「心臟內科」，那位遠道而來的支援醫師，「好神喔！」聽診器一接近我的心口，便診斷出「二尖瓣脫垂」，並開立處方Inderal（心血管藥品）、Gendergin（鎮靜用），這科「生意」超好，中午了，還有很多病人！

我很「鎮靜」的離開醫院，外頭雖然出太陽，心頭卻是灰暗一片，彷彿世界末日般！

越思越想心越沉，整個下午，坐立難安，打開電腦，無心思考，難道我，尚未出書，就要入黃土？我還有很多心願未完成呀！

呆坐半響，拿起手機，捧著心，撥了一通電話給遠方的他，手顫抖，說話也結結巴巴，複述病情竟是這般不容易！

他建議我找趙院長看，就這樣，我又回去逛醫院了！

一樣的看診，不一樣的感受，從聽診、心電圖，再到心臟超音波，細心看診、用心觀察的結果，我的心臟是健康的，無雜音、無迴流，聽他一一細訴，心不再「難過」了！

醫生的問診態度及專業的表現，影響著病人的心情，誤診，將病人推入萬丈深淵！正確的診斷，則讓人喜獲陽光！

好想把先前那位醫生開的藥，原封不動的送還給他，再贈他個ABCDEFG！

無膽的女人

金豬年的元月十二日，醫院的腹部超音波，意外的發現我的膽囊裡，有著數不清的石頭，醫生告訴我：「這是個意外的發現，妳還年輕，未來的路還很長，建議妳趕快手術……。」

超音波我看不懂，抱著半信半疑的態度，抵達外科，又照了一次超音波，確定無誤，醫生細心的畫了一張圖，將器官的分布及大小石頭的藏身地點，一一解讀，正重感冒的我，只是上醫院看感冒，沒想到會有這意外？很不能接受即將面臨的考驗，強忍奪眶而出的淚水，鎮定的聽他把話說完：「妳現在重感冒，先把它治療好，然後回來門診排時間，要全身麻醉……」，他說得很清楚，我聽得很模糊，我已在家裡躺了好幾天，昏沉沉地，被孩子的爹，硬拉著上醫院，坦白說，經歷了醫院的幾次誤診，失望透頂！我真要接受手術嗎？這問題，一路上盤旋迴繞在腦海！

任何的手術，沒人敢保證百分之百成功，萬一，我是那百分之一的意外？投胎轉世去了，我的四個孩子，他們怎麼辦？而且，我既愛美，又怕冷怕痛，好端端一個人，身上坑坑洞洞，如何承受？

認識秋之後，對他的信任一頭栽，每遇難題，第一個想到的就是他，常常忘了他已身在海的另一方，企圖從他那兒，找到不挨痛的資訊，結果卻是失望的掛了電話，手術非動不可，一向有求必應的他，輪到我病痛時，他無法減輕我的痛啊！

我做了一個重大的決定，寧可忍痛，也不在身上挖洞，反正離陷入昏迷，應該還有一段時間，我要好好看看我的孩子，孩子們抱頭痛哭，我何嘗不是？

秋的一通電話，改變了我的想法，他告訴我，二十年前，他父親因膽結石，腹痛如絞的經過，發燒、黃疸，疼得在地上打滾，難逃挨刀的命運！當時，他才唸國中，對那一幕，記憶猶新，並告訴我，如果再拖，可能將有的後遺症！我嫌他煩，怪他喋喋不休、嘮叨不停，一點都不了解病人的心情，數落之後，他不厭其煩的勸導，心中的疑慮，也在一問一答間，重拾了我對醫療沒信心後的稍微信心，最後，我答應他，等感冒好就回醫院報到。但答應之後，我就後悔了！理由簡單──怕冷，怕痛、怕失敗！

才幾天光景，M號的長褲，已顯鬆弛！自醫院宣布身體微恙後，多愁善感的心，擾著思緒，既不想見陽光，亦食不知味，隱忍腹痛，只想多張眼睛、多看世界，尤其是我那群可愛的孩子，心有牽絆，不願萬一啊！

心煩悶，不願俗事惹塵憂，尤以辜負社區理監事們的厚愛，總務提名我擔任社區會計一職，理監事會議無異議通過，當理事長和總幹事來家中，謝絕了他們誠摯的邀約，期盼有能人接手！

有一天，唸小一的兒子，放學後回家，他告訴我：「媽媽，同學的阿嬤，說我的衣服怎麼那麼髒？老師聽到了，跟他說，媽媽生病了！」有潔癖的我，竟因洗衣時的使不上力，讓孩子難堪？曾幾何時，我的孩子在學校，是師生眼裡的模範生，曾經，我這做母親的，是其他媽媽學習的榜樣，不久前，剛接受國語日報記者的訪問，我還很瀟脫的暢談媽媽經，告訴她，孩子的成長只有一次，我要一路陪伴，如今，兒子捎來的信息，我很難過，幾經思量，握筆沉重的在連絡簿寫著：「不能將孩子的衣服洗淨，為人母者，深感羞愧，感謝昭銘阿嬤的指正！」好羨慕那一位同學的母親，凡事有婆婆打點！

元月十九日，信守承諾地回到門診，又驗了一次小便，紅血球與蛋白尿依然存在，醫生：「妳的腎臟有沒有什麼問題？」

「追蹤十幾年了，有的醫生說有問題，有的醫生說沒有問題，我不知道要聽誰的？」心頭的抱怨，傾筐而出。

「找個時間去看一下腎臟內科。」外科醫生好意提醒。

「好！」我接著說：「不知道超音波那頭，我還有什麼器官出問題？既然要開腸剖肚，希望一次解決！」下了很大的決心，才有勇氣進入手術室，割肉一次痛，期望痛這一次就好！可是，可能嗎？耳鼻喉科說我神經受損、聽力衰退？婦科說我有子宮肌瘤？心臟內科說我二尖瓣脫垂？神經內科說我偏頭痛？腎臟內科說我腎臟也有問題？還有大大小小的病痛，我真的可以抬出去了？機器已壞，送廠維修，未必有救啊！如不能福壽全歸，穿個「七層衫」，鐵定含恨而終！我還沒娶媳婦、還沒當阿嬤呀！雖然大兒子交女朋友了，正副班長是公認的「班對」，才小一，還要讓我「待命」多久呀？

元月二十三日，我要孩子們乖乖上學去，誰也不能掉眼淚，媽媽很快就回來！說這句話的同時，亦為健康賭性命，面對未知的未來，心如刀割呀！

上了美容院將髮絲吹梳整齊，返家後，取下了全身首飾，沐浴更衣，擔怕「壯士一去兮不復返！」將家中大小事務，簡單交代孩子的爹！

懷著忐忑不安的心情，上了醫院，辦完住院手續後，到病房換了手術服，開始了心電圖、照χ光、驗尿、抽血、吊點滴、灌腸。

時間一分一秒的逼近，秒針、分針與時針，滴滴答答叫不停，顫抖的身子蜷曲在一起，眼淚如決堤般的不聽使喚，好想回家！

擦乾眼淚，撥了通電話給秋，問他開刀房會不會很恐怖？那陰森駭人的景象有多嚇人？才開口，就淚如雨下，活到這把年紀，還像三歲小孩哭哭啼啼，羞死人了！他邊安撫著我的情緒，邊告訴我，進了手術房，麻醉之後就睡著了，無須擔心……。

跨進了那一道冰冷的門，全身顫抖不停，當躺上手術檯的那一刻，背部溫溫熱熱，手腳卻是冰冰冷冷，心裡惦記著的，仍然是我的四個寶貝！

男男女女的醫護人員，各就各位，他們的穿著，由頭到腳，綠意盎然；為我操刀的醫生，五十七年次的他，知道我緊張，除親自到病房迎接，亦營造輕鬆的氣氛，他說，他也有四個小孩，和我一樣，前面兩個女兒，後面兩個兒子，一旁的醫生則答腔：「你們倆人同病相憐！」

我問他：「醫生是高水平的人，許多人講究重質不重量，難道，你也有延續香火的壓力？」

「對啊……」老家古崗的他，的確有。

那位高高、壯壯的醫生，幫我麻醉後，頭上的照明燈、壁上的時鐘，越來越模糊，漸漸的，聽不清楚他們在講什麼？

醒來時，已在恢復室，護理人員拿掉了氧氣，大姐就坐在床邊，要我勇敢！先生也抱著小兒子在一旁陪伴，母親和嫂嫂及兄弟姐妹們都來了，親情的滋潤、友情的關懷，雖然一身病痛，我會勇敢的撐下去，睜開眼睛的感覺真好，又可以見到我愛的人！

當甦醒的那一剎那，麻醉已散，傷口爆痛，打了止痛針，微微緩和！該死的秋呀，問他手術疼痛的程度為何？他說就像生小孩，這比生小孩痛多了！我又忘了，他是男人，又沒生過小孩，哪知道有多痛？當藥效過後，又是爆痛連連，恨死他了，我要把指甲留長、磨利，他日相遇，再狠狠的扒他一層皮！

腰髣如斷掉般，腹部的傷口又疼痛異常，堅持不再依賴止痛針！就連身上的導尿管，也想拔掉，只是此刻，不能動呀，就讓那一條長長、細細、透明的線，在雙腿間游移！

術後微燒、全身無力、血壓偏低、頭暈得厲害、耳朵有如蟬鳴般，可愛的護士，怕我暈倒，除要我小心，一會兒，就到病房幫我量血壓，交班時，也特別強調，出入醫院多次，這回，沒碰到半個晚娘！多溫馨的外科病房！

膽囊裡，十顆茶褐色的石頭，隱匿其間，腹中作怪多時，很幸運，遇到體檢家醫科的何林楨醫師，看我坐立難安，腎臟超音波又須將近一個月的等候，當機立斷，排了腹部超音波，使我能在最短時間內，找到病因，接受治療！

元月二十四日清晨，左手注射點滴的部位，紅腫得像麵龜，點滴重打，這回換右手，再挨一針！

元月二十五日，終於排氣，拔掉點滴與導尿管，自由多了！只是，頭仍然暈、傷口仍然痛，下床有點辛苦！而多日的禁水與禁食，終於破戒了，大姐煮來稀粥，以漸進的方式，慢慢適應！

元月二十六日，躺在病床閒閒沒事做，瀏覽病房的每個角落，由天花板、窗簾……，順勢而望，就在陪伴床的下方，發現了一個毛絨絨的東西，一隻又粗、又黑、又大隻的老鼠，那軟綿綿的身軀，在那兒鑽呀鑽、跑呀跑，嚇死人了！真怕牠發狠的到床上咬我！醫院裡的一位員工，拿來了手電筒，四處尋找，但牠已一溜煙不見了！那位先生拿著透明膠帶，將微微脫落、黏在一處長方形小洞口的那片厚紙皮，鋪平、黏緊，以阻隔鼠輩橫行，又取出了黏鼠板，上面放著一小片餅乾，引鼠入甕！

元月二十七日，家在跟我招手，回家的感覺真好，孩子們，你們又有熱騰騰的飯菜了！由醫院到返家，親友們的探訪，紛紛傳授養生祕訣，感恩在心！

只是，牛奶不敢喝、羊肉不敢吃……。

挑了一個簡易又能接受的方法——鱸魚燉薑絲，第一次吃牠，全身發熱，認為那是巧合，一個禮拜後，慢火細燉第二條，全身上下還是熱氣騰騰，又不能吃那白木耳退火，難過數鐘頭，猛喝水、猛洗臉，關於「吃爐魚肉、喝鱸魚湯」之說，就此打住！

為了家事方便，也怕上下樓梯時，觸動傷口，術後選擇睡在一樓的沙發，這彷彿又回到坐月子期間的景象。

先生問我：「為何不上樓？」

「怕你冒犯！」孩子都生一大串了，講出這樣的字眼，自己都覺好笑。

「妳現在是病人，需要休養，在你元氣未恢復之前，不忍對妳下手。」說罷，轉身上樓，不一會兒，他又回到沙發，欲言又止。

看出了端倪，我問他：「你有心事？」

「妳知不知道？在妳甦醒的前一刻，嘴中喃喃自語？」

「有嗎？」我很心虛的問他：「我講了些什麼？」

「開口後的第一句話，唸那四個孩子，還唸……」他故意不說。

「還有啥誰？」我好急。

「大姐也有聽到！」他找了個證人。

「我究竟說了什麼？」我像做錯事的小孩，準備接受處罰。

「我這汽油桶，居然比不上家裡的瓦斯桶！妳一甦醒，不是問孩子，就是問瓦斯有沒有關？」原來他在吃醋。

四個孩子是我的牽絆，至於瓦斯，每晚臨睡前與每次出門時，都會巡查一遍，以策安全，溶解了這一點小醋，鬆了一口氣！事後詢問了大姐，真有其事耶！

元月三十日，回門診拆線，掀開紗布，銀色又亮晶晶的小刀，在傷口處割呀割，無膽的女人，沒勇氣低頭看！

手術成功，一陣欣慰，外科主任：「還身體一個健康，我們一樣一樣來，解決了膽結石的問題，妳還需要看兩科，腎臟科和耳鼻喉科！」

外科主任就困擾我十幾年的腎臟問題，主動會診了腎臟科醫生，當晚，抽了十CC的血赴台化驗，針頭在我的血管鑽，好久好久，終於抽出一大管，瘀青一片！元月三十一日的第一泡尿亦須送檢，小解之後，等待醫院上班，那中間的空檔，用塑膠袋套好，放冰箱冷藏，以免變質！

元月三十一日，飛機誤點，延後看診，約十點，榮總醫師來了，善解人意的叫號小姐，知道我傷口疼、肛門瀉，難熬等候，幫了大忙！醫生聽了我的陳述，開單子做聽力檢查，與掛號室毗鄰而居的檢查地點，為舊的急診室，當戴上耳機的同時，外頭的電話聲、廣播聲、人聲、腳步聲，聲聲入耳，護士小姐操作腦幹聽力反應機的按鈕時，我很努力的聽，就是聽不清楚，倒是外面熱鬧的聲響，吸引著我的耳朵！檢查結果，很不理想，醫生開了處方籤，要我「吃吃看」，建議沒好轉時，走趟榮總再做一次聽力檢查和腦波檢查！

尾牙當日，拜得起勁，焚燒金紙的同時，一位鄰居告訴我，她已腹痛、腰痛多時，到診所照了超音波，膽囊裡有三顆石頭，平日，她誤以為胃痛！抱怨吃了一年多的藥，結石還未消除，我告訴她，腎結石與尿路結石可以用體外震波的方式排出，但膽囊結石非手術不可，勸她趁早上醫院求診，並把自己手術成功的經驗，與她分享！今日勸她，猶如當時秋在勸我，那幕影像又浮現！

她不知道手術要找那位醫生好？告訴她做參考，外科有三位金門籍醫師——李錫鑫、董文雅、陳義榮，均學有專精，各有門診，任君挑選！

二月六日回腎臟科看報告，抽血赴台檢驗的結果，排除了紅斑性狼瘡，A型肝炎、B型肝炎……等，蛋白尿也在正常範圍的零點一二，不用做腎臟切片了！但紅血球沒了報告，醫生再開一張驗尿單，此時正逢生理期，先至檢驗科要了尿管，待生理期後三天，再行檢驗早晨的第一泡尿；醫生告訴我，上面檢查沒問題，接著追查下面，泌尿系統是當務之急，溝通之後，我決定做電腦斷層攝影，這些檢查，需經血管注射顯影劑，到放射科排時間的同時，與值班小姐做了討論，她建議有過敏體質的人，選擇自費的方式，所需費用一四七〇，非離子性顯影劑顆粒較小、排出較快，考慮自己目前的身體狀況，跟她拿了一張「志願付費同意書」，連同「放射科特殊檢查同意書及注意事項」一併帶回填寫，並且於晚上十點後禁食。

二月八日上午，與人有約，擔心醫院檢查回來太晚，有所延誤，因此，比約定的時間提前許多，與一直喊他「大作家」的文壇前輩見面，就出書一事，做了商討，他勸我，創作可以慢慢來，但身體要先顧好，金玉良言謹記在心，想想自己，何其幸運，把作品交到前輩的手中，從連絡出版社、寫序、校對……等，一切有他，我就這樣，坐享其成！出了門，正巧遇到總編輯，最近看了我的幾篇作品，那加油聲與鼓勵的話語，縈繞耳際，祝福滿心海，一九八八年他所贈予的「拾血蚶的少年」一書，是我珍藏的書籍之一！

帶著健保卡，自費後，到舊急診室，靜脈注射，血管太細，針頭太粗，告訴護士酒精過敏，她不理我，依然用酒精棉球消毒，針頭在血管鑽，旁邊滴出了許多血，我都在貧血了耶，好浪費！擦拭後，一條透明的細管連接針筒，進了電腦斷層檢查室，躺上長長的床，腹部熱熱的，開始重複吸氣、閉氣、停止呼吸，休憩片刻，醫生由原來留置的針筒，推進了一百西西的顯影劑，腹部與下體又是一陣熱，感覺像要尿出來一樣！

半小時後，鑽出棉被，到外面休息，全身顫抖，喝了溫開水後，稍稍緩和！拔掉了針頭，酒精過敏，紅腫一片，惜肉如金的女人，又喊痛了！

二月十三號，生理期後的第一泡尿送驗，而手術後，腹部每每戰鼓齊鳴，尤以晚上，擾人清夢，今日，又跑了外科，找董文雅主任，他細心聽診後，告訴我這是除膽後的正常現象，無須擔憂！

另一則，頭暈頭痛，進了神經內科候診，有位病人神經受損、腳步肌肉萎縮，他雙腳跪地、雙手支撐著木椅，已拖了好久才上醫院，送他去的人陳述，他的家人帶他針灸、服食中藥，那榮總來的、有一點年紀、也有一點白髮的吳進安主任，立刻安排他住院，讓他接受一連串的檢查，並等候星期五，榮總的神經外科醫生到來，再行評估！我在想，那個年輕的病人，如果早一點送醫院，早一點接受治療，今天，是不是，不會攤在那邊？他的人生還很長呀！

輪到我時，吳主任頻頻道歉：「讓妳久等了！」對於我血壓偏低的情形，囑咐某些姿勢要小心；至於三十歲後的頭痛，每月痛五次以上，他拿起槌子，槌手又槌腳，神經都很好，診斷我有偏頭痛，此題無解，只能痛的時候服用止痛藥，他說，他自己也有偏頭痛的毛病，我噗哧一笑：「你也會頭痛啊？」心裡有個問號，他是神經內科的醫生，自己頭痛，都醫不了自己？一般人遮掩都來不及，他竟然不怕病人跑掉，門診人數減少，還敢傳遞這項訊息，真是佩服！

「醫生的頭也會痛啊……」他大概看出我臉上的疑惑，笑笑的說。

最近的看診，就今天上午，較有好心情，一是拆線時，沒勇氣低頭，未能明瞭小刀在縫線部位是割還剪？「無膽的女人」將完稿，順便請示董主任；一為遇到看診的醫生，他和我有同樣的情形——偏頭痛，以他的年歲，不知道痛多久了，他還這麼樂觀，能將自己的經驗和病人分享！

電腦斷層攝影也出爐了，夜間又走了趟腎臟科，傅仰賢醫師看了報告，攝影之處沒長東西，一切安好，這下虧大了，電腦斷層攝影一次，輻射的程度，等於照一千張χ光呀！而第一泡尿的檢驗，紅血球已從手術前的五十至六十顆，降到目前的十至十五顆，沒有潛血、沒有蛋白尿，只要三個月追蹤一次即可，真的不用切片了，一抹笑靨飄過臉上！

「要如何才能讓紅血球完全消失，還自己一個健康？」我問醫生。

「做腎臟切片！不過，許多不明原因，切片之後，原因還是不明，所以，我們現在就用追蹤的方式。」醫師回答。

術後逛醫院，一科看過一科的無奈，在年前，終於劃下句點，臨走前，傅醫師再三提醒，小便見紅、見泡泡，立刻回診勿拖延！

踩著輕鬆的腳步回家，歡顏展現，今晚，我將睡一夜好覺！今年，我將過一個好年！

新年新願望、新氣象，血光之災後，希望否極泰來，新書大賣！猶如秋所傳來的簡訊：「恭賀＋春禧＋豬事大利！」

尚未恢復元氣，兄弟姐妹們，不讓我太勞動，拜拜的東西，他們準備；除夕的年夜飯，他們張羅；八個兄弟姐妹，均以成家，我排行老六，集恩寵於一身！

無膽的女人，記錄了除膽的經過，感謝一路幫我的人！

無膽的女人，已無膽，爾後，向天借膽！

國家圖書館出版品預行編目

心情點播站 / 寒玉著. -- 一版. -- 臺北市 :
秀威資訊科技, 2007[民96]
面；　　公分. --（語言文學類 ; PG0128）
ISBN 978-986-6909-58-0（平裝）

848.6　　　　96006967

語言文學類　PG0128

心情點播站

作　　者 / 寒　玉
發 行 人 / 宋政坤
執行編輯 / 林世玲
圖文排版 / 黃莉珊
封面設計 / 林世峰
數位轉譯 / 徐真玉　沈裕閔
圖書銷售 / 林怡君
網路服務 / 徐國晉
法律顧問 / 毛國樑律師
出版印製 / 秀威資訊科技股份有限公司
台北市內湖區瑞光路583巷25號1樓
電話：02-2657-9211　傳真：02-2657-9106
E-mail：service@showwe.com.tw
經 銷 商 / 紅螞蟻圖書有限公司
台北市內湖區舊宗路二段121巷28、32號4樓
電話：02-2795-3656　傳真：02-2795-4100
http://www.e-redant.com

2007 年 4 月　BOD 一版
定價：370元

讀　者　回　函　卡

感謝您購買本書，為提升服務品質，煩請填寫以下問卷，收到您的寶貴意見後，我們會仔細收藏記錄並回贈紀念品，謝謝！

1.您購買的書名：______________________________

2.您從何得知本書的消息？

□網路書店　□部落格　□資料庫搜尋　□書訊　□電子報　□書店

□平面媒體　□ 朋友推薦　□網站推薦　□其他__________

3.您對本書的評價：(請填代號　1.非常滿意 2.滿意 3.尚可 4.再改進)

封面設計____　版面編排____　內容____　文/譯筆____　價格____

4.讀完書後您覺得：

□很有收獲　□有收獲　□收獲不多　□沒收獲

5.您會推薦本書給朋友嗎？

□會　□不會，為什麼？______________________________

6.其他寶貴的意見：______________________________

____

____

____

讀者基本資料

姓名：____________________　年齡：______　性別：□女 □男

聯絡電話：________________　E-mail：____________________

地址：______________________________

學歷：□高中(含)以下　□高中　□專科學校　□大學

□研究所(含)以上 □其他________________

職業：□製造業 □金融業 □資訊業 □軍警 □傳播業 □自由業

□服務業 □公務員 □教職　□學生 □其他__________

請 貼
郵 票

To：114

台北市內湖區瑞光路 583 巷 25 號 1 樓

秀威資訊科技股份有限公司　　　收

寄件人姓名：

寄件人地址：□□□

(請沿線對摺寄回,謝謝!)

秀威與 BOD

BOD（Books On Demand）是數位出版的大趨勢，秀威資訊率先運用 POD 數位印刷設備來生產書籍，並提供作者全程數位出版服務，致使書籍產銷零庫存，知識傳承不絕版，目前已開闢以下書系：

一、BOD 學術著作—專業論述的閱讀延伸
二、BOD 個人著作—分享生命的心路歷程
三、BOD 旅遊著作—個人深度旅遊文學創作
四、BOD 大陸學者—大陸專業學者學術出版
五、POD 獨家經銷—數位產製的代發行書籍

BOD 秀威網路書店：www.showwe.com.tw
政府出版品網路書店：www.govbooks.com.tw

永不絕版的故事・自己寫・永不休止的音符・自己唱